Antje Fries • Kräftig im ABGANG

13 Kurzkrimis

Antje Fries

Kräftig im ABGANG

13 Kurzkrimis

LEINPFAD
VERLAG

Alle handelnden Personen sind frei erfunden;
Ähnlichkeiten mit lebenden Personen wären rein zufällig.

Umschlag: kosa-design, Ingelheim
Layout: Leinpfad Verlag, Ingelheim
Druck: TZ Verlags- & Print GmbH, Roßdorf

Leinpfad Verlag, Leinpfad 5, 55218 Ingelheim,
Tel. 06132/8369, Fax: 896951
E-Mail: info@leinpfadverlag.de
www.leinpfadverlag.com

ISBN 978-3-942291-76-7

Inhalt:

Kräftig im Abgang

Spare in der Zeit, dann hast du in der Not. Ja, ich bin sparsam erzogen worden. Nicht, dass ich Not leiden würde, aber ich kann kaum etwas wegwerfen. Schon gar keine Lebensmittel. Manchmal geht so was aber auch schief, das weiß ich jetzt. Obwohl ich letzten Endes dadurch noch mehr spare. Den Lebensunterhalt für zwei komplette Brüder sozusagen.

Dabei war das gar keine Absicht, ich schwöre! Ich werde mich gut um mein Erbe kümmern. Besonders intensiv um den einen Weinberg, der so schön in einer Senke liegt und dessen Ertrag mich in den kommenden Jahren mit einem hoffentlich gehaltvollen Riesling belohnen wird.

Ich bin Jutta März. Meine Brüder Karl-Peter und Hans-Walter riefen mich seinerzeit immer „Juddaaa!“, weshalb ich meinen Vornamen nicht sonderlich mag. Immerhin haben unsere Eltern davon abgesehen, ihrer Jüngsten auch einen dieser fürchterlichen Doppelnamen zu verpassen. Vielleicht war ich ihnen das aber auch gar nicht wert. Ich weiß es nicht und werde es auch nie erfahren, denn sie sind längst gestorben. Meine Brüder sind deutlich älter als ich, beide Winzermeister, beide unverheiratet. Da ich schon immer im Betrieb mitarbeiten musste und sogar Spaß daran hatte, hätte ich zu gern auch die Ausbildung zum Winzer gemacht, aber Mädchen machen so was nicht, hatte unser Vater seinerzeit befunden. So absolvierte ich die Hauswirtschaftsschule, ging der Mutter zur Hand und half immer dann im Keller oder Weinberg, wenn einer der Männer auf dem Hof frühmorgens „Juddaaa!“ brüllte.

Auch ich blieb unverheiratet. Es hätte mir gar nicht einmal an Bewerbern gemangelt, doch was hätte es mir gebracht, vom einen Fronbetrieb in den anderen zu wechseln? Ich richtete mich ein auf dem elterlichen Hof, übernahm nach dem Tod der Mutter den kompletten Haushalt und schuf mir da durchaus meine Nischen. Meine Konfitüren aus Obst aus eigenem Anbau werden mir auf jedem Herbstmarkt der Landfrauen geradezu aus der Hand gerissen und meine Gemüsekonserven finden Jahr für Jahr begeisterte Abnehmer. Unübertroffen ist auch mein Weingelee. Und haben Sie schon einmal meine Riesling-Bonbons probiert?

Als auch der Vater gestorben war, unternahm ich einen erneuten Versuch, das Winzerhandwerk endlich lernen zu dürfen. Vielleicht war ich zu zaghaft und nicht ausdauernd genug, jedenfalls waren Karl-Peter und Hans-Walter empört und verboten es mir. Heute denke ich manchmal, wieso ich mir das damals habe gefallen lassen. Wie können einem die eigenen Brüder etwas verbieten? Immerhin waren sie haushaltstechnisch völlig von mir abhängig und eine so billige Arbeitskraft hätten sie auch niemals wieder bekommen. Wie auch immer, ich ließ mich einschüchtern und blieb, was ich war. Das ging im Prinzip jahrelang gut. Nur gelegentlich reizte mich die eine oder andere Aufgabe so sehr, dass ich es wagte, mich gegen meine Brüder aufzulehnen.

Im vergangenen November schallte an einem nebligen Morgen wieder einmal das energische „Juddaaa!“ Karl-Peters durch den Betrieb. Ich belud gerade die Waschmaschine mit zahlreichen hauptsächlich olivgrünen und erdbraunen Kleidungsstücken meiner Brüder, blickte aber dennoch aus der Tür der Waschküche hinaus auf den Hof.

„Ich fahr in den Seemersgrund, die alten Morio-Reben roden. Wo sind meine Handschuhe?“, wollte mein ältester Bruder wissen.

„Keine Ahnung, hab sie nicht gesehen!“, gab ich zurück. Roden, schoss es mir durch den Kopf. Tolle Arbeit! Man zerstört zwar alte Rebstöcke, aber man pflanzt ja schließlich danach auch wieder neue. Das Faszinierendste an dieser Arbeit aber war für mich, dass man nicht vorsichtig Blätter ausbrechen, umständlich Triebe anheften oder akribisch genau einzelne Trauben aussortieren musste, sondern mit roher Gewalt ebenso sinnvolle wie deutlich sichtbare Erfolge vorweisen konnte. „Kann ich mit?“, fragte ich deshalb auch gleich.

„Hä, wieso? Hast du nix im Haus zu tun?“, kam es zurück.

„Doch, aber das schaffe ich schon noch.“

„Pah, nein, das mach ich lieber allein. Kannst ja heute Abend da spazieren gehen, wenn du den Wingert unbedingt sehen willst.“

Dann drehte sich Karl-Peter um, ließ mich stehen und schwang sich ohne seine Handschuhe auf den Traktor, der die ganze Zeit über leise knatternd neben dem Hoftor gewartet hatte.

Den ganzen Tag über brummte ich wütend vor mich hin. Selten hatte ich die Wäsche mit mehr Wucht in die Trommel gefeuert, selten hatte ich kräftiger an üblen Flecken geschrubbt, selten hatten die Teller lauter geklappert, als ich schließlich abends den Tisch deckte. Staubig und verschwitzt kamen meine Brüder irgendwann zur Tür herein und ließen sich so, wie sie waren, am Esstisch fallen. Noch nie hatte ich mich getraut, sie zu fragen, ob sie sich nicht vorher wenigstens die Hände waschen könnten. Warum also heute?

Ich servierte einen kräftigen Eintopf und danach Bohnensalat mit Speck, den Karl-Peter gierig in sich hinein schaufelte. Hätte ich seinen Wein so getrunken, hätte ich Ärger bekommen. Aber da gab es ja sicher auch einen großen

Unterschied zwischen edlem Wein und schnödem Bohnensalat, für den ich bloß monatelang gegraben, gehackt, gejätet, geerntet und eingemacht hatte ...

Später fläzten sich die beiden im Wohnzimmer vor den Fernseher. Obwohl ich noch in der Küche zu tun hatte, wusste ich bereits, wie es bei ihnen aussah: Die dicken Erdbrocken aus ihren Arbeitsstiefeln würden mittlerweile trocken genug sein und beim Abstreifen der Stiefel vor dem Sofa auf den Teppich gefallen sein. Wie beinahe jeden Abend.

Doch statt mich zu ärgern, meldete ich mich ab und machte den von meinem Bruder morgens vorgeschlagenen Spaziergang zum Weinberg. Ein scharfer, eisiger Wind wehte mir um die Nase, als ich begutachtete, was Karl-Peter den Tag über geleistet hatte: Alle Pfosten und Drähte waren schon verschwunden, lagen wahrscheinlich gestapelt bzw. aufgerollt auf dem Hänger in der Maschinenhalle, und gut die Hälfte der Rebstöcke war bereits herausgerissen worden und lag kreuz und quer auf dem Areal herum. Am Folgetag müsste er nur noch den Rest ausreißen, aufladen und abtransportieren. Das wäre es dann gewesen mit dem altehrwürdigen Morio-Muskat, den der Vater immer besonders gern getrunken hatte. Aber Karl-Peter plante hier Riesling zu setzen, eine gute Entscheidung, denn trockene Weiße gingen seit Jahren besser als alle anderen Weine und würden immer eine sichere Bank bleiben.

Als ich nach Hause kam, werkelte Hans-Walter im Geräteschuppen neben der Waschküche herum und rief mir zu: „Juddaaa, geh mal nach dem Karl-Peter gucken, der liegt im Wohnzimmer und dem gehts nicht gut!“

Ich sah also nach dem großen Bruder und wirklich, er lag gekrümmt auf dem Sofa und hielt sich den Bauch. Er klagte matt über Magenschmerzen und Übelkeit. „Und schlucken kann ich auch nicht gut“, jammerte er.

Zwei Stunden später, den Kamillentee hatte er nicht angerührt, behauptete Karl-Peter, er sehe mich doppelt. Das fand ich gar nicht komisch, aber er ließ sich nicht davon abbringen. Er fühle sich wie gelähmt, meinte er noch, bevor er auf den Polstern einnickte und dort die Nacht verbrachte. Ich fragte mich derweil, ob sein Zustand etwas mit meinem Essen zu tun haben könnte: Ich hatte mal gelesen, dass sich in eiweißhaltigem Gemüse, zu dem meine Bohnen eindeutig zählten, das Bakterium Clostridium Botulinum bestens entwickeln könne. Es brauche nicht einmal Sauerstoff, um sich zu vermehren. Bereits kleinste Mengen des verdorbenen Lebensmittels seien giftig und lösten nicht nur Magen- und Schluckbeschwerden aus, sondern auch Lähmungserscheinungen und Augenprobleme, die sich meist als Doppeltsehen äußerten. Innerhalb weniger Stunden könne der Tod eintreten, spüle man nicht umgehend den Magen, gebe muskelentspannende Mittel und sorge für eine Notfall-Beatmung.

Bei jener Vermehrung bildeten sich übrigens Gase, weshalb man verseuchte Konserven oft am gewölbten Deckel erkennen könne. Ja, merkwürdig, ein klein wenig gewölbt war mir der Schraubdeckel des Bohnenglases tatsächlich erschienen ...

Am Morgen bat mich Karl-Peter doch wirklich, mit ihm in den Weinberg zu fahren und nach seinen Anweisungen mit dem Roden fortzufahren. Hans-Walter war schon in aller Frühe mit dem Lieferwagen ins Ruhrgebiet aufgebrochen: Wein ausfahren zählt zu den dringlichen Geschäften eines Winzers in der Vorweihnachtszeit, so konnte er die mehrtägige Tour nicht verschieben. Da griff man dann in der Not auf die kleine Schwester zurück. Ächzend schleppte sich Karl-Peter also zum Traktor und startete ihn. Ich fragte, ob nicht lieber ich steuern solle, doch das lehnte er ab: „Du? Den Bulldogg fahren? Wie soll das denn gehen!“ Trotz seiner Schmerzen und Mattigkeit grinste er mich breit an. Dabei war ich durchaus in der Lage, einen Traktor zu steuern. Das hatte mir damals ein polnischer Saisonarbeiter beigebracht, wenn ich ihm und seinen Kollegen im Weinberg zur Hand gehen musste und der Vater und die Brüder anderswo arbeiteten. Mühelos hätte ich auch dieses neuere wuchtigere Modell manövriert. Mühelos und mit größtem Vergnügen! Aber Karl-Peter ließ sich die Herrschaft über die Maschine nicht nehmen und fuhr uns in die Senke, in der der Morio-Weinberg seinem Ende entgegensah. Kaum angekommen, rutschte er aus dem Sitz bis auf den Boden, hielt sich gekrümmt an der Deichsel fest und wollte mir erste Anweisungen geben. „Du musst ...“, begann er.

„Ich würde ja da drüben anfangen“, sagte ich und zeigte auf die äußerste Rebzeile unterhalb einer alten Bruchsteinmauer, die den Abhang stützte.

„Blödsinn!“, brummte er. Ich kletterte trotzdem auf den Traktor und besah mir die Lage von oben. „Komm sofort da runter!“, bellte mein Bruder mich an. „Du hast da auf dem Traktor nix zu suchen! Fahren kannst du ja eh nicht!“

Könnte sein, schoss es mir durch den Kopf, und wie um das zu beweisen, legte ich den Rückwärtsgang ein und fuhr meinen großen Bruder Karl-Peter März einfach zu Brei. Fünfmal zurück, viermal vor. Dann, so fand ich, war er matschig genug, damit die Rotte der sich oft hier herumtreibenden Wildschweine seine Witterung aufnehmen und ihn mit Haut und Haar und allem Drum und Dran vernaschen konnten. Das würde sicher zwei, drei Nächte dauern, aber so lange wäre mein anderer Bruder ohnehin auf Reisen und niemand außer mir im Weinberg. Kraftvoll machte ich mich an die Arbeit, nicht ohne gelegentlich zu den Überresten des Winzers hinüberzublicken, für die sich schon jetzt, am helllichten Tage, die ersten Vögel interessierten. Ich kam gut voran mit dem Roden.

Mein Großvater hatte mich seinerzeit in allerlei Geheimnisse der Jägerei eingeweiht, obwohl es sich für mich als Mädchen natürlich verbot, genauer in die Materie einzutauchen. Das war den männlichen Mitgliedern der Familie März vorbehalten. Ich wusste aber, dass Wildschweine es schaffen, in einer oder zwei Nächten ratzeputz ordentlich aufzuräumen, und daher war ich überzeugt, dass von Karl-Peter auch nicht das kleinste bisschen übrig geblieben war, als ich zwei Tage später wieder im Morio-Weinberg nachsehen fuhr. Zur Sicherheit untersuchte ich die Stelle auf dem geschotterten Weg noch einmal genau und schippte an einigen Stellen etwas Erde über die Steine, damit nur ja niemand auf die Idee kommen könnte, hier etwas sehen zu wollen. Aber wer sollte hier schon hinkommen? Niemand außer meinem Bruder Hans-Walter. Der tauchte gegen Mittag im Wingert auf und rief: „Was machst du da?"

„Na, roden, was sonst?", rief ich zurück. Er warf die Tür des Transporters zu, lief zu mir und schwang sich hoch auf den Traktor, bis er mir auf wenige Zentimeter nahegekommen war. „Wieso fährst du hier rum? Wo ist der Karl?"

„Der ist weg."

„Wie – weg?"

„Keine Ahnung. Der war einfach weg, hat nichts mehr gesagt. Dem war nicht gut und deshalb sollte ich ihm beim

Roden helfen. Tja, und dann war er plötzlich weg und ich hab die ganze Arbeit allein am Hals gehabt."

„Das gibts doch nicht!", regte Hans-Walter sich auf. „Sofort kommst du vom Bulldogg runter, du kannst das doch gar nicht!"

„Was? Mache ich die Arbeit etwa nicht ordentlich? Gucks dir an, ich kann das genauso wie ihr Männer. Kannst mich ruhig mal loben!"

„Pah!", brummte Hans-Walter und drehte mir den Zündschlüssel um. Der Motor des Traktors rumpelte noch zweimal kurz, dann gab er Ruhe und ich hörte umso deutlicher, was mein Bruder mir sagte: „Scher dich fort, Juddaaa! Weiber haben nix auf den Maschinen zu tun. Sorg lieber für ein gescheites Mittagessen, wenn ich gleich heimkomm!"

Diesmal, ich gestehe es, war ein ganz klein wenig Absicht dabei: Als ich wutschnaubend mit dem Transporter bis nach Hause gefahren war, während mein Bruder weiter Reben entwurzelte, marschierte ich direkt in den Vorratskeller. Ganz hinten im Regal standen noch Gläser aus grauer Vorzeit. Es war wohl nicht mehr unsere Mutter gewesen, die sie gefüllt hatte, aber ich konnte mich auch schon nicht mehr richtig daran erinnern, dass ich ihren Inhalt zubereitet hatte. Ich fand ein großes Glas mit hausgemachter Leberwurst, dessen Schraubdeckel sich deutlich wölbte. Normalerweise hätte ich es sofort ausgemustert. Aber warum eigentlich? Sie würde ihn noch ein letztes Mal so richtig satt machen, die Leberwurst aus dem Glas.

Übel gelaunt trampelte Hans-Walter mittags in die Küche und ließ sich geräuschvoll auf seinen Stuhl fallen. „Ich fass es immer noch nicht", sagte er, „dass du glaubst, du könntest mal eben so im Wingert schaffen!"

„Ja, aber, wenn der Karl-Peter doch nicht da war!“, versuchte ich mich zu rechtfertigen.

„Lass einfach die Finger davon, kapiert!“, schnauzte er mich an.

Na gut.. „Nimm dir von der hausgemachten Leberwurst. Viel Eiweiß, das gibt viel Kraft.“

„Leberwurst! Wie die Mutter früher!“

Beinahe hätte Hans-Walter mich angelächelt. Er schlang seine Mahlzeit herunter, als bekäme er danach nie wieder etwas. Das aber konnte er ja gar nicht wissen, glaube ich.

Nachdem er zweimal kräftig gerülpst und sich einen doppelten Trester hinter die Binde gekippt hatte, zog Hans-Walter den Stuhl seines großen Bruders näher heran, legte seine Beine bequem hoch und fragte: „Und er hat nix gesagt, wo er hin ist, der Karl?“

„Mir nicht“, brummte ich und machte mich weiter an der Spüle zu schaffen.

„Geh fort! Da stimmt doch was nicht! Juddaaa, guck mich mal an!“

Damit hatten meine Brüder mich schon immer gekriegt: Ich konnte sie im Ernstfall nicht ansehen, ohne deutlich zu zeigen, wenn ich gelogen hatte. Auch diesmal merkte ich, dass Hans-Walter mir kein Wort glaubte und mir der Schweiß aus allen Poren trat.

„Wo steckt der wirklich?“

„Das willst du gar nicht wissen.“

„Doch, natürlich. Weißt du etwa was?“

„Könnte sein. Ich bring dich hin. Aber erst mal spüle ich hier fertig.“

Damit gab er sich glücklicherweise sofort zufrieden, da ihn sowieso die gerade im Fernsehen beginnenden Nachrichten ablenkten.

Und dann wartete ich einfach noch ein paar Stunden, bis die giftigen Bakterien auch meinem zweiten Bruder nach mehrstündiger und überaus erbärmlicher Leidensphase das Lebenslicht ausgeblasen hatten, schleifte ihn auf die Ladefläche des Transporters und fuhr ihn zu unserem großen Bruder in den Weinberg – wie versprochen.

Ich hatte tiefe Furchen ziehen müssen, um alle Reben aus dem Boden zu bekommen. Gute achtzig Zentimeter tief klaffte der Boden an manchen Stellen auf. Das würde reichen, das wusste ich vom Großvater, dass weder die Wildschweine noch der Fuchs ihm etwas anhaben konnten. Denn noch mal wollte ich mir die Fahrt mit dem Traktor nicht zumuten. Beim ersten Mal hatte mich allein die Wut dazu gebracht, den rotbunten Brei problemlos hinzunehmen. Nun aber hatte ich bereits einige Stunden zugesehen, wie Hans-Walter sich bis zum Ende quälte, da reichte es, ihn schlicht in die tiefste Furche zu befördern und genug Erde darüber zu verteilen. Nur selten kam jemand außer uns in diesen Weinberg, also würde es auch niemand merken, dass irgendwo mitten im Gelände eine der Furchen auf einer Länge von mehreren Metern zugeschüttet war.

An den Folgetagen grubberte und eggte ich den ehemaligen Morio-Wingert ganz vorsichtig und aufs Allerfeinste, um ihn den Winter über ruhen lassen zu können. Meine Brüder meldete ich nach drei Tagen vermisst, nachdem auch der Briefträger schon nach ihnen gefragt hatte. Ich hatte absolut keine Ahnung, wohin die beiden sich plötzlich abgesetzt haben mochten, und unser Dorfpolizist, der die Anzeige aufnahm, bedauerte mich ehrlich. Schließlich war er mit Karl-Peter und Hans-Walter in der Jagdgenossenschaft gewesen.

„Wenn du Hilfe brauchst, sag Bescheid!“, bot er mir an. „Das können die doch nicht machen, einfach abhauen und dich mit dem Betrieb hier sitzen lassen!“

„Ich versteh das ja auch nicht!“, seufzte ich und hoffte, er würde mich jetzt nicht zu genau ansehen.

„Es wird alles seinen amtlichen Gang gehen“, bereitete der Polizist mich vor. „Aber mach dir keine Sorgen, wir werden dich nicht großartig belästigen, wir müssen halt nur sicherstellen, dass kein Gewaltverbrechen oder so was vorliegt.“

„Gewaltverbrechen?“ Ich musste schlucken.

„Könnte doch sein, dass irgendjemand deine Brüder wegen irgendeines Streits oder Ähnlichem um die Ecke gebracht hat.“

„Herrje!“

„Bleib ruhig, das regle ich schon alles. Wir werden nur überprüfen, ob sich bei euch auf dem Hof Blutspuren oder fremde DNA finden. Danach hast du wieder deine Ruhe.“

Das klang gut.

„Ach ja, und wenn du mal jemanden zum Reden brauchst: Ich bin immer für dich da.“

Das klang sogar noch besser. Je länger ich unseren Dorfpolizisten betrachtete, desto deutlicher fiel mir auf, wie attraktiv er eigentlich war. Und nett und unterhaltsam. Und er traute mir wirklich zu, den großen Hof weiter zu bewirtschaften.

Im Frühjahr setzte ich frische Riesling-Reben im Weinberg in der Senke unterhalb der alten Bruchsteinmauer. Der Dorfpolizist half mir dabei.

Unser täglich Brot

Klatsch – klatsch – klatsch ... Alle drei, vier Sekunden landete ein Teigbrocken neben Lotte Hummerich auf der Arbeitsplatte. Sie griff jeweils einen mit rechts und einen mit links, knetete kräftig durch und formte die Brocken schließlich nacheinander zu ansehnlichen Ovalen, aus denen in der Nacht dunkelbraun-knackige Weizenmischbrote gebacken würden.

Als die Teigmenge komplett in Brocken neben Lotte lag, murmelte der dürre Lehrling, der sie abgeteilt und geworfen hatte, etwas von „Zigarettchen" und verschwand nach draußen auf den Hof.

Lotte Hummerich war stinkwütend, dass der Geselle sich schon wieder krankgemeldet hatte. So musste sie auch noch seine Aufgaben übernehmen, während ihr Gatte sich zur selben Stunde bei der Handwerkskammer feiern ließ. Irgendeine goldene Münze für sein dämliches Sauerteigbrot, das er nicht einmal selbst erfunden hatte, sondern einfach nach zwanzig Jahren Unterbrechung nun wieder im Sortiment führte. Diese erbärmlich großen Brotlaibe, von denen die Kunden die unterschiedlichsten Ecken abgeschnitten haben wollten, da kein Mensch auf dieser Welt noch Achtpfünder mit nach Hause schleppen wollte – geschweige denn, zu essen gedachte. Und dafür stand er jetzt in seinem besten Anzug in Mainz im Innenhof dieses überkandidelten Bürogebäudes, in dem die Handwerkskammer logierte, und wartete darauf, dass er eine Urkunde für sein Schaufenster und einen warmen Händedruck bekam.

Derweil türmte sich zu Hause die Arbeit: Ein Lehrling in der Berufsschule, der andere alle paar Minuten rauchend, ein Geselle in Urlaub, der andere seit gestern krank. Lotte konnte die Augen kaum noch offen halten: Obwohl sie bis nach sechs im Laden gestanden, ihn bis halb acht geputzt und ab zehn in der Backstube mit den Vorbereitungen für die Nacht geholfen hatte, war Winfried der Meinung gewesen, er habe wegen der Ehrung frei und brauche mal eine Nacht lang nicht zu backen. Er wolle seine Lorbeeren ausgeschlafen entgegennehmen. Lotte hatte nicht schnell genug protestiert und sich darüber geärgert. So konnte sie nicht einschlafen und rollte sich von einer Seite auf die andere. Obendrein hatte sie die Chance verpasst, vor ihrem Mann einzuschlafen und musste nun sein nächtliches Geröchel ertragen. Wenn er wenigstens gleichmäßig geschnauft, gepfiffen und gegrunzt hätte!

Um drei hatte der Wecker geklingelt und Lotte war schlaftrunken in die Unterwäsche und ihren kurzen Arbeitskittel gestiegen. Nach einem faden Instantkaffee stand sie in der Backstube und heizte den Ofen an. Dann zog sie die drei mannshohen Rollregale mit den vorbereiteten Brotlaiben aus dem Gärstopp. Der hatte dafür gesorgt, dass bei kühlen Temperaturen der Gärprozess unterbrochen wurde: So hatten Bäcker die Möglichkeit, Teige mittags vorzubereiten, die erst am kommenden Morgen gebacken werden sollten. Trotzdem gab es in der Nacht noch genug zu tun, denn zumindest die Brötchen wurden immer ganz frisch geformt, bestreut und gebacken. Wo nur der Lehrling blieb? Aber dann war er doch noch aufgetaucht, der spindeldürre Kerl, den Winfried in diesem Jahr eingestellt hatte. Jeden verdammten Morgen kam er zu spät. Und dann hieß er auch noch Justin und hatte eigentlich Kfz-Mechaniker werden wollen. Aber andere Interessenten hatte es einfach nicht gegeben. Da war der zielstrebige und fleißige junge Mann aus dem Vorjahr, der heute zur Berufsschule unterwegs war, eine absolute Ausnahme. So jemanden fand man nur noch alle paar Jahre.

„Mach schon mal die Mehrkornbrötchen, Justin!"

„Kann ich nich!"

„Wieso nicht?"

„Habbich noch nie gemacht!"

„Kürbiskern?"

„Keine Ahnung!"

„Wasserweck?"

„Sin des die mit dem Schlitz in der Mitte?"

Lotte entschied sich dafür, Justin ganz schlichte Kaiserbrötchen formen zu lassen. Das Bestreuen konnte sie ihm ja später noch beibringen, wenn er erst mal mehrere Bleche voll Brötchen gelegt hatte. Sie selbst formte Stangen und Brezeln, legte sie auf die Bleche, bestrich sie mit Lauge, streute grobes Salz darüber und beförderte die ersten Bleche in den Ofen. Die Eieruhr würde Lotte daran erinnern, dass das Laugengebäck nach acht bis zehn Minuten fertig wäre, aber meist hatte sie es einfach so im Gefühl, wann sie wieder nach dem Ofen sehen musste. So was prägte sich ein nach fünfunddreißig Jahren an der Seite eines Bäckermeisters. Eines Bäckermeisters, der nachher in Mainz stand und Sekt schlürfte! Sicher baggerte er auch wieder irgendein Blondchen an, das sich im Publikum fand. Als hätte ihn das frühe Aufstehen jemals davon abgehalten!

Mit sicheren Handgriffen arbeitete Lotte Hummerich weiter, bestreute Brötchen, formte Brote, schob Backbleche in den Ofen und schüttete fertige Backwaren in die roten Plastikkisten für den Laden. Justin erhielt Aufträge, die er bewältigen konnte und die ihn vom Dauerrauchen tatsächlich abhielten. Um kurz nach fünf öffnete sich die Tür zur Backstube und Rükiye und Petra traten ein. Die beiden Verkäuferinnen begannen ihren Arbeitstag immer früher als notwendig, um für die ganze Belegschaft Kaffee zu kochen und nach einem gemütlichen Plausch in die Arbeit im gelblichen Licht des Ladens zu starten, während sie den Bäckern zu einer Pause verhalfen.

„Ach je, kein Mann da heute?“, fragte Rükiye stirnrunzelnd.

Lotte schüttelte den Kopf und wischte sich mit dem Ärmel den Schweiß von der Stirn. „Männer, ich sags ja!“, brummte Petra. Sie war seit Jahren geschieden und hatte keine gute Meinung mehr vom anderen Geschlecht. Daran konnten auch die Bäcker nichts ändern, die an keinem Morgen vergaßen, sich für den frischen Kaffee zu bedanken.

„Was machen wir, wenn jemand schon Kuchen will?“, fragte Rükiye, während Lotte müde auf ihrem Stuhl saß und gedankenverloren den gut gezuckerten Kaffee umrührte. Zum Kuchen backen war noch niemand gekommen. Lotte hob den Kopf: „Sags, wie es ist: Der Chef ist nicht da, die Gesellen fehlen, ein Lehrling auch. Sie sollen sich alle mal bei mir bedanken, dass sie überhaupt was zu essen kriegen!“

„Und bei mir!“, rief Justin dazwischen.

„Ja, klar! Ich sag nur Mehrkornbrötchen!“

„Wieso, kann er die etwa nicht?“, grinste Petra.

„Haa-haa!“ Justin fand das gar nicht witzig und stand auf, um draußen die Nächste zu rauchen.

„Die Kuchen mache ich jetzt. Hoffentlich bestellt keiner mehr was Eiliges heute Morgen!“, sagte Lotte.

„Das kriegen wir schon hin!“, meinte Petra. „Wir werden denen was anderes andrehen. Warten will ja schließlich auch keiner. Auf, Rükiye, fangen wir an!“

Und damit war die Kaffeepause dann auch schon beendet: Die beiden Verkäuferinnen verließen den Personalraum zwischen Laden und Backstube und trugen in mehreren Gängen die Kisten mit den Backwaren nach vorne. Einige ließen sie auch im Flur stehen, andere Kisten brachte Rükiye leer wieder in die Backstube, weil sie die rustikalen Brotkörbe in der Theke gefüllt hatte.

Während Justin den Auftrag hatte, neuen Teig für die Brote des Folgetages anzurühren, was er tatsächlich schon zu können vorgab, machte sich Lotte an die Kuchen: Streuselkuchen zuerst. Riwwelkuche, wie er in der Gegend genannt wurde, ging morgens sowieso am besten bei der Kundschaft. Während sie die „Riwwel" auf den Kuchen bröselte, überlegte Lotte, dass ihr Mann sich noch nicht einmal verabschiedet hatte, bevor er nach Mainz aufgebrochen war. War er überhaupt aufgebrochen? Die klebrigen Hände in die Luft gehalten lief sie zum Fenster und stellte fest, dass der behäbige Lieferwagen noch auf dem Hof stand, Winfrieds flotter Benz aber mit seinem Besitzer unterwegs war. Also weiter, noch mindestens zwanzig Kuchen und Torten! All die Vorbestellungen jeden Tag! Aber die regelmäßige Abnahme zweier Altenheime war ein wichtiger Faktor in der Abrechnung der Bäckerei. Lotte gähnte mit offenem Mund. Was scherte es sie, ob Justin das sah! Dem hatte sie ja erst mal beibringen müssen, dass man in der Backstube gefälligst nicht in der Nase bohrte. Anfangs hatte sie sogar gefürchtet, dass er seine Popel in den Teig versenkte. Ob man das nach dem Backen noch schmeckte? Lotte schüttelte sich und holte die fertig gebackenen Böden aus dem Ofen. Sie bestrich sie mit Sahne, Schokosahne, Zitronencreme und anderen Massen, die sie selbst seit Jahren schon nicht mehr appetitlich fand.

„Chefin, wir brauchen dringend noch Fitness!", brüllte Petra aus dem Flur hinter dem Laden bis in die Backstube. „Und Sonnenblumen sind auch gleich aus!"

Lotte Hummerich seufzte und ließ ihre Tortenböden ruhen. Fitnessbrötchen aus Dinkel-Mischteig und Sonnenblumenbrötchen gingen jetzt vor. Sie holte sich noch zwei dicke Teigklumpen und formte zum zweiten Mal an diesem Arbeitstag Dutzende Brötchen. Wer die für die Ehrung in Mainz wohl lieferte? Eigentlich wäre es für einen Bäckermeister ja die größte Ehre, wenn zu seiner Ehrung auch seine eigenen Produkte gegessen würden. Aber Winfried schien sich um derlei Dinge ja überhaupt keine Gedanken zu machen. Versonnen streute Lotte Kerne über alle Brötchen und schob die Bleche in den Ofen. Im Prinzip langweilig, immer Backwaren durch die Klappen zu schieben, dachte sie sich. Mal ein saftiger Braten, das wärs! Oder aber ein ungeliebter Ehegatte. Aber ihr Winfried wäre ohnehin zu fett, um durch die Klappen zu passen, sogar die unterste, die gute vierzig Zentimeter Höhe aufwies. „Da hast du noch mal Glück gehabt, mein Guter!“, kicherte sie, während sie weiter Tortenböden beschmierte.

„Haben Sie was gesagt, Chefin?“, rief Justin von nebenan.

„Ich? Wie kommst du darauf?“ Lotte grinste in sich hinein. So weit war es schon gekommen, dass sie laut und deutlich überlegte, wo Winfried enden könnte. Aber Justin, der wäre dünn genug für die unterste Klappe. Ha, der sollte ihr noch mal dumm kommen! Lotte lief zum Ofen, um die nachgebackenen Brötchen herauszuholen. Mist! Sie hatte versehentlich alle Brötchen mit Sonnenblumenkernen bestreut, auch die Fitnessdinger, die bei der weiblichen Kundschaft im Ich-lebe-jetzt-ja-ganz-gesund-Alter so beliebt waren. Bei diesen Damen, die den ganzen Tag außer Yogakurs und Maniküre-Termin nichts zu tun hatten. Oh, wie sie die liebte! Aber Winfried kümmerte sich begeistert um diese Kundschaft. Als hätten diese aufgezäumten Modepuppen jemals ernsthaft Interesse für einen schmerbäuchigen Bäckermeister mit lichtem Haarkranz gezeigt!

„Justin, die Brötchen in den Laden!", brüllte Lotte nur und widmete sich wieder der Schwarzwälder Kirsch, die sie eben verlassen hatte. Es war bestimmt fünfzehn Jahre her, dass sie diese Torte zum letzten Mal probiert hatte. Überhaupt stand auf Lottes Speiseplan meist Herzhaftes. Ob Metzger mit der Zeit zu Vegetariern wurden, weil die allmorgendliche Wurststopferei sie anekelte? Und ob es wohl Wurst zu den Brötchen beim Empfang gab? Weck, Worscht un Woi, wie fast immer in Rheinhessen? Winfried hielt jetzt sicher schon stolz die Urkunde (Gerahmt? Ungerahmt?) in der einen Hand, in der anderen ein Glas Sekt. Aus der Domäne Oppenheim, da holten sie das Zeug ja immer. Oder er hatte den Rahmen beiseitegelegt und hielt schon längst die blonde Sekretärin des Kammerpräsidenten im Arm. War die eigentlich blond? Egal, irgendeine würde er schon finden zum Angrabbeln. Ein Klumpen Kirschen rutschte vom Boden, weil Lotte ihn zu heftig auf die Sahne geknallt hatte. Wütend kratzte sie die klebrige rote Masse wieder auf und wischte die Arbeitsplatte sauber. Ich kann nicht mehr, ich kann nicht mehr, ich kann nicht mehr. Andere Gedanken hatte Lotte nicht mehr.

„Chefin, der Chef macht die Fitnessweck aber immer ohne Sonnenblumenkerne!"

„Justin, heute sind sie eben mal mit."

„Sieht aber beknackt aus, echt!"

„Sag du mir nicht, was beknackt aussieht!"

„Wieso, stimmt doch!"

„Sonst noch was?"

„Die kauft bestimmt keiner."

„Dann nehmen wir weniger ein und haben eben kein Geld mehr für den jüngsten Lehrling. Alles klar?"

„Is okay. Wenn ich zu Hause bleibe und mir nicht jede Nacht hier den Arsch aufreiß, kriege ich genauso viel Geld, und das für nix."

„Bring die Torten raus, Justin!"

„Ich hab jetzt aber Pause."

„Dann lass es!"

Der Lehrling schlurfte auf den Hof und Lotte trug ihre Torten in den Laden. Wenigstens stand gerade keine Stammkundschaft an der Theke, sonst hätte sie womöglich noch Small Talk halten müssen. Eilig verschwand die Bäckerin wieder nach hinten. Rükiye kam ihr nach: „Chefin, wir brauchen noch Wasserweck und dann hat jemand zwei Dutzend Brezeln für heute Nachmittag bestellt."

„Die Brezeln mach ich noch. Dann nehmt ihr aber einfach nichts mehr an und was weg ist, ist eben weg. Ich muss in mein Bett!"

Justin kam wieder herein und begann die Backstube auszukehren. Er kroch unter die Arbeitsplatte der Gesellen, um dort einige Teigreste mit dem Messer abzukratzen. Das hatte er gestern übersehen, weshalb heute Kratzerei notwendig war.

Wie im Tran begann Lotte Brezeln zu schlingen. Bogen, drüber und rum. Bogen, drüber und rum. Dann krachte es dumpf. Lotte unterbrach ihre Arbeit und sah zum Lehrling hinüber. Der hatte beim Aufstehen nicht daran gedacht, dass er ja die massive Holzplatte über sich hatte. So war sein Hinterkopf mit voller Wucht gebremst worden. Mit einem ganz, ganz kurzen „Ah!" sank Justin wieder nach unten und blieb liegen. So ein Zirkus wegen einer Beule! „Justin, mach keine Show und steh auf. Es ist ja gleich geschafft." Aber Justin blieb liegen. Auch gut. Der Kerl arbeitete ja sowieso nicht richtig! Lotte kümmerte sich um die letzten zehn Brezeln und schob anschließend ein herumstehendes Rollregal hinter sich in den Gang, um mehr Platz zu haben, denn die Brezeln mussten ja auch noch in die Lauge getaucht werden. Als sie bestreut und im Ofen waren, warf Lotte doch noch einen Blick auf den Lehrling. Er lag regungslos unter dem Arbeitstisch. Als Lotte ihn an der Schulter packte und auf den Rücken drehte, fiel ihr das viele Blut auf, das das T-Shirt tränkte. Dieser Idiot war doch tatsächlich frontal in das Messer gefallen, mit dem er den Dreck vom Boden hatte abkratzen wollen. So was gabs doch gar nicht! Sollte sie ihm helfen? Sie tastete nach dem Puls, zuerst am Handgelenk, dann am Hals. Nichts! Da hatte er einmal etwas zu Ende gebracht, der Justin! Lotte schoss durch den Kopf, wie praktisch es doch sei, dass sie noch die Einmalhandschuhe trug, die sie immer überstreifte, wenn sie mit Lauge arbeiten musste. Sonst hätte man ihr nachher noch einen Mord in die Schuhe zu schieben versucht! Jetzt piepste die Eieruhr. Die Brezeln waren fertig. Lotte zog die Bleche aus dem Ofen und ließ die Brezeln in eine Kiste rutschen, die sie selbst nach vorn trug. Im Laden meldete sie sich für heute ab: „Ich geh jetzt ins Bett. Der Justin geht auch gleich. Ihr kriegt also nichts mehr nach heute. Bis morgen!"

„Bis morgen, Chefin!", riefen Rükiye und Petra gleichzeitig und kümmerten sich wieder um ihre Kundinnen.

Hinten besah sich Lotte Hummerich Justin noch einmal genauer. Sie begann zu grinsen. Eine solche Chance würde sie nie wieder bekommen. Immer noch behandschuht zog sie Justin hoch und schleifte ihn bis vor den Ofen. Doch, das würde passen. Es war nicht ganz leicht, ihn in die unterste Klappe zu befördern, aber schließlich hatte sie es geschafft. Wie lange er wohl bräuchte? Nur gut, dass er sein Blut bei sich behalten und weder der Fußboden noch Lottes Kleidung in Mitleidenschaft gezogen worden war. Sie kehrte die Backstube dann endgültig aus und stellte gerade den Besen zurück in die Kammer, als ihr Mann von draußen hereinstürmte. „Frau, sieh dir das an! Gold!" Lotte griff mechanisch nach der gerahmten Urkunde, die genauso aussah wie alle die, die es in den vergangenen Jahren schon gegeben hatte. Dabei sah sie vor lauter Müdigkeit kaum noch etwas.

„Wonach riecht das denn hier? Hast du nicht richtig sauber ...", hatte Winfried Hummerich angesetzt und den Ofen inspiziert. Als er die unterste Klappe aufgedrückt hatte, war er dann verstummt. Erstaunlich schnell schoss er hoch und brüllte seine Frau an: „Ja, ist der denn wahnsinnig? Was macht denn der da im Feuer? Los, hilf mir mal!" Aber Lotte lehnte sich nur an die Wand und schien bereits zu schlafen. Ihr Gatte zog und zerrte wie wild. Da plötzlich geriet er mit dem gebackenen Justin in den Armen aus dem Gleichgewicht, taumelte und krachte mit dem Kopf an eine der hervorstehenden Stangen des Rollregals im Gang. Mit einem „Umpf!" ging er zu Boden. Lotte war mit einem Mal hellwach: Sollte sie eine zweite Chance bekommen? Aber den Gefallen tat der Bäckermeister ihr nicht. Stattdessen rappelte er sich wieder auf, griff sich an den Kopf und ließ Justin liegen, wo er lag, nämlich quer vor dem großen Ofen. Dann ging er nach oben ins Wohnzimmer. Dort holte er eine Flasche Doppelkorn aus dem Schrank und setzte sie an. Nach vier oder fünf kräftigen Schlücken stieg er mitsamt der Flasche wieder nach unten. Lotte stand nur am hinteren Fenster und starrte in den Garten hinaus. „Hier, trink auch einen!", brummte er. Sie schüttelte den Kopf. Daraufhin setzte er erneut an und trank. „Baaah!", schüttelte Hummerich sich. Dann sagte er: „Wir müssen die Polizei rufen! Aber dann ist unser Ruf ruiniert." Er trank weiter. „Und wenn wir die

Polizei nicht rufen, muss der Justin irgendwie hier raus. Aber wohin? Lotte, sag doch auch mal was!“ Lotte schwieg.

„Wie ist der überhaupt da reingekommen?“

Lotte zuckte mit den Schultern, ohne sich umzudrehen. Hummerich trank weiter. Endlich wurde ihm warm! Er beschloss, sich nicht den guten Anzug zu ruinieren und ging noch einmal nach oben in die Wohnung. Dort zog er Sakko, Hemd und Hose aus und legte alles über den Herrendiener in der Ecke neben dem Kleiderschrank. In seiner Bäckermontur betrat er wieder die Backstube. „Lotte, jetzt pack doch endlich mal mit an! Wie auch immer der Justin in den Ofen geraten ist, er muss verschwinden, sonst können wir dichtmachen. Der muss raus hier!“, befahl Winfried Hummerich, aber Lotte blickte weiter stumm aus dem Fenster. „Es ist nicht zu glauben, die Frau ist weggetreten!“, sagte er und lehnte sich an einen Tisch. Dann goss er wieder Korn nach und schien die gegenwärtige Situation komplett zu vergessen: „Hättest mich sehen sollen in Mainz!“

„Hättst mich ja mitnehmen können!“

„Ach was, und wer hätte dann gebacken?“

„So hat dich halt keiner bewundert!“

„Ha, was glaubst du! Die jungen Dinger vom Service, die haben schon ganz schön geguckt, als dieser gut gebaute Mann im Anzug, mit dem sie vorher noch locker geplaudert hatten, vom Präsidenten höchstpersönlich und vor allen Leuten gelobt und ausgezeichnet worden ist! Aber so was interessiert dich ja nicht!“

„Hast mich ja nicht gefragt!“

„Wie viele Kuchen heute?“

„Hab nicht gezählt.“

„Was? Und die Abrechnung?“

„Mir egal. Hatte anderes zu tun.“

„Hast du dich etwa überanstrengt heute? Da musst du ein einziges Mal in der Backstube arbeiten und schon ist es der Dame zu viel!"

Hummerich kippte innerhalb weniger Minuten den Rest aus der Flasche auch noch in seinen Hals. Nun war ihm nicht mehr nur warm, sondern er begann zu schwitzen. Leicht wacklig auf den Beinen bewegte er sich bis zum Gärstopp und öffnete die Tür. „Ach, wunderbar, endlich eine Abkühlung! Lotte, bring noch einen Korn, ich will feiern!"

Lotte gehorchte und brachte eine neue Flasche, noch fest verschlossen, aus dem Keller. Der Bäcker stand vor dem geöffneten Gärstopp und trank weiter. „He, Justin, das hier wäre auch was für dich!", kicherte er irgendwann. „Eine kleine Abkühlung könnte dir nicht schaden." Und besoffen, wie er war, schleifte Winfried Hummerich den frisch gebackenen Lehrling in die Kabine. Er setzte sich neben die Leiche und seufzte: „Was für ein Leben!"

„Das musst du gerade sagen!", kam es von seiner Frau. Lotte stand mittlerweile gegenüber der geöffneten Schranktür und beobachtete die Szene.

„Auf mein Leben und meine Goll... Gollt ... Golltmedajje!", trompetete Hummerich und schluckte erneut Doppelkorn. „Mannomann, bin ich müde!", sagte er schließlich, und das war der Moment, in dem Lotte die Tür des Gärstopps von außen zu schob und die Temperatur auf die übliche Kühlung knapp über null Grad herunterfuhr. Drinnen kicherte ihr Mann nur, wie dunkel es plötzlich geworden sei.

Als der wieder genesene Geselle und der Lehrling am Tag nach seiner Berufsschule nachts an ihren Arbeitsplatz kamen, brannte noch kein Licht. Als sie selbst aufgeschlossen hatten, fanden sie im Kühlschrank zwei Leichen. Die Polizei war schnell vor Ort, aber auch die später hinzugezogene

Kripo konnte nur noch feststellen, dass der Bäckermeister Winfried Hummerich wohl seinen Lehrling aus irgendeinem Grunde erst geschlagen, dann erstochen und schließlich gebacken und wieder gekühlt haben musste, bevor er selbst mit übermäßig viel Alkohol im Blut an Unterkühlung im Gärstopp gestorben war. Sowohl am guten Anzug als auch an der Arbeitskleidung Hummerichs fand man später Fasern und Hautpartikel von Justin. Seine Gattin hatte von all dem zum Glück überhaupt nichts mitbekommen: Man fand sie tief schlafend im Ehebett.

Fleisch ist ein Stück Lebenskraft

Ich bin Inge Zorn. Ja, nomen est omen! Ich bin nämlich schon seit Jahren in Rage, genauer gesagt: Seit dem Tag, als klar war, dass Herbert und ich unsere Metzgerei in der Wormser Innenstadt schließen würden, weil einfach kaum noch Kundschaft vorbeikam. Und das lag nicht etwa daran, dass niemand mehr unsere Lyoner oder unseren Bierschinken gemocht hätte, nein, es lag an einem Stadtratsbeschluss, der inzwischen sieben Jahre zurückliegt. Da wurde unsere Straße zur Sackgasse umgestaltet. Verkehrsberuhigung! Im Stadtrat hatte es zuvor eine heftige kontroverse Debatte zu diesem Thema gegeben. Besonders drei Herren aus drei verschiedenen Fraktionen hatten Stimmung gemacht und Druck ausgeübt. Die Entscheidung war dann auch denkbar knapp für diese Maßnahme, die uns ruinierte.

Vier Jahre lang haben wir noch durchgehalten, dann mussten wir den Laden schließen. Herbert verfiel in völlige Depression, zumal wir auch finanziell nicht ausreichend abgesichert waren. Wir haben noch versucht, das Haus zu verkaufen, aber wer will schon ein altes Haus mit winziger Wohnung und unrentablem Ladengeschäft in aussichtsloser Lage? Eines Morgens fand ich meinen Herbert im Kühlhaus aufgeknüpft an einem der Haken, auf denen zuvor all die Jahre immer wieder Schweine hingen.

Ich habe lange überlegt, ob ich mich irgendwie rächen soll. Aber warum sollte ich mich eigentlich der Gefahr aussetzen, entdeckt und bestraft zu werden? Andererseits ließ es mich nicht los: Mein Leben war ruiniert, das der Politiker wurde immer erfolgreicher. Ich beobachte die Machenschaften der Wormser Stadträte auch heute noch sehr genau. Ich weiß mich jedoch auch abzulenken: Viel Zeit verbringe ich im

Tiergarten, für den ich mir kürzlich eine Jahreskarte zugelegt habe. Das neue Wolfsgehege fasziniert mich besonders, und die Fütterungen verpasse ich nur, wenn es nicht anders geht. Noch lieber allerdings bin ich dort, wenn fast niemand außer mir auf dem parkähnlichen Gelände herumläuft. Dann habe ich genug Ruhe, alle Tiere zu beobachten, ohne dass Horden von völlig unerzogenen Schülern stören. Manchmal bringe ich den Wölfen auch etwas mit. Wussten Sie, dass sie sich von Frolic anlocken lassen? Du meine Güte, das hätte ich jetzt nicht sagen sollen, das Füttern ist ja schließlich aus gutem Grund streng verboten. Frischfleisch wäre natürlich wesentlich sinnvoller.

„Hallo, Frau Zorn! Na, heute schon so früh unterwegs?“, fragt die Dame im Kassenhäuschen des Wormser Tiergartens.

„Tja, wie immer, nicht wahr! Gibt es etwas Neues?“

„Wann waren Sie denn zuletzt hier?“

„Letzte Woche am Montag.“

„Nein, alles beim Alten. Höchstens, dass die Ziegen schon wieder Nachwuchs haben. Viel Spaß dann!“

„Danke!“ Lächelnd passiere ich den Eingangsbereich. Einerseits bin ich ja froh, dass das Wolfsgehege fernab ganz hinten in der Ecke des Parks liegt, andererseits muss ich dann auch immer bis dorthin laufen.

Nun ja, die Ruhe da hinten ist mir dann doch wichtiger. Ich glaube, die Wölfe kennen mich schon. Kaum jemand kann sie beobachten, seit das neu angelegte Gehege dermaßen viele Schlupfwinkel bietet, dass sich die Isegrims gar nicht mehr sehen lassen müssen. Das gilt hier auch für mich: Der Park war immer ein weites, offenes Gelände. Früher hätte ich niemals tun können, was ich heute tue, aber jetzt kann ich, falls jemand kommen sollte, schwupps, nach unten verschwinden und im Dunkel der Beobachtungshöhle abtauchen.

Heute ist zum Glück wieder niemand außer mir auf dem Weg. Meine Lieblinge stromern faul am Zaun entlang. Als sie mich bemerken, sammeln sie sich unterhalb der Stelle, auf der ich auf der Besucherplattform stehe. Das Fleisch weit genug über den in waagerechten Bahnen vor der Plattform gespannten Elektrozaun zu werfen, fällt mir nicht ganz leicht, aber es klappt. Nicht auszudenken, wenn eines der Stücke hängen bliebe und meine heimlichen Fütterungen entdeckt würden! Aber wozu habe ich schließlich jahrzehntelang in einer Metzgerei gearbeitet: Sachgerecht zerteilt und in der richtigen Gewichtsklasse für Seniorinnenweitwurf, das kann ich noch mit links! Gierig stürzen sich die Tiere auf ihre Mahlzeit. Als bekämen sie sonst nicht genug. Vermutlich sollen sie schön schlank bleiben, die armen Kerle! Aber in den nächsten Tagen werde ich noch öfter vorbeikommen, in meinem Kühlhaus ist noch genügend Vorrat. Guten Appetit, ihr Lieben!

„Na, wieder auf Tour, Frau Zorn?"

„Guten Morgen, meine Liebe! Ja, ich war schon ein paar Tage nicht hier. Das muss sich wieder ändern, sonst kennen mich meine Lieblinge bald gar nicht mehr!"

„Sie haben da aber auch immer Glück, scheints!", meinte die Dame im Kassenhäuschen des Tiergartens. „Normalerweise zeigen sich die Wölfe ja niemandem. Ich erlebe hier tagtäglich, dass Leute nach Hause gehen und schimpfen, dass sie das neue Gehege zwar toll fänden, aber kein Tier darin gesehen hätten."

Ich muss lachen: „Das ist ja der Vorteil des neuen Quartiers, dass die Wölfe ihre Ruhe haben können, wenn sie sie brauchen. Also, ich kann mich über mangelnde Begegnungen absolut nicht beschweren. Dann will ich mal. Bis nachher!“

Ich schlendere durch den Tiergarten. Der Himmel ist grau und sieht nach Regen aus. Da werden nicht viele Besucher kommen. Nur eine Gruppe Kleinkinder wackelt mit kurzen Schrittchen am Gehege der Mähnenspringer vorbei. „Kinder, nun bleibt schön zusammen, wir wollen doch die Kühe angucken!“, fordert eine schrill und genervt klingende Erzieherin. Gut, die werden eine andere Richtung einschlagen. Ansonsten ist weit und breit niemand zu sehen. Ich steige also die Stufen zur Besucherplattform hoch und ziehe vorsichtig das erste Stück Fleisch aus der Plastiktüte, die ich in meinem Wanderrucksack verstaut habe. Die Wölfe lassen sich nicht lange bitten und knurren sich schon gegenseitig an, weil sie wissen, dass sie gleich frisches Futter zu erwarten haben. Begeistert machen sie sich über die Brocken her, die ich ihnen heute mitgebracht habe. Ich muss aufpassen, dass sie nicht zu viel bekommen und etwas liegen lassen. Das würde nicht gut aussehen! Aber schon kurz darauf ist alles verspeist. Gerade rechtzeitig, denn einer der netten Tierpfleger kommt mit Schaufel und Besen unter dem Arm vorbei und grüßt mich freundlich: „Na, Frau Zorn, wieder am Lieblingsplatz?“

„Natürlich! Wunderbare Tiere!“, rufe ich ihm zu und winke fröhlich.

„Johannes, gut, dass du kommst!“ Die Sekretärin im SPD-Parteibüro in der Bebelstraße begrüßte ihren Genossen, der sich gerade umständlich aus dem Mantel schälte. Als der Trenchcoat am Haken hing, fragte Johannes Wecker:

„Was liegt denn an?“

„Eine alte Dame hat angerufen, sie würde gern die Bürgersprechstunde in Anspruch nehmen, aber sie ist nicht gut zu Fuß. Ob du nicht vorbeikommen könntest.“

Wecker runzelte die Stirn: „Meine Güte, das ist auch so ein Problem des demografischen Wandels, auf das wir uns einstellen müssen. Vermutlich bin ich in ein paar Jahren nur noch außer Haus auf Sprechstunden-Tournee!“

„Kann ich der nun zusagen oder nicht?“

„Ja, mach!“

Zwei Stunden später saß Johannes Wecker auf einem Sofa in der Wormser Innenstadt und hörte sich die Sorgen einer ältlichen Dame an, die ihn mit überaus schlechtem Kaffee abfüllte. Er musste sich gerade die dritte Tasse eingießen lassen.

„Viel trinken, das hat schon meine Mutter immer gesagt!“, beschwor ihn die Alte und goss sich selbst Kräutertee ein („Der Magen, wissen Sie!“).

„Ich verstehe ja nichts von der großen Politik, aber diese Blechdosen an der Stadtmauer, also Herr Stadtrat, das sieht ja furchtbar aus!“

Wecker lächelte gequält: „Ach, über Geschmack kann man immer streiten. Und natürlich können Sie auch noch mit den Besucherzahlen kommen, aber ich freue mich einfach, dass wir ein so außergewöhnliches Angebot wie das Nibelungenmuseum überhaupt in unserer Stadt haben.“ Genervt rührte er in seinem Kaffee herum, der nur mit viel Zucker zu ertragen war. Plötzlich verschwamm die Tasse vor seinen Augen und er spürte einen Krampf im Gedärm.

„Ist Ihnen nicht gut?“ Die aufmerksame Frau bemerkte sofort sein Problem.

„Doch, doch, wird schon wieder, wahrscheinlich dieses Virus, das gerade umgeht."

„Ach je, na, dann will ich Sie mal nicht länger aufhalten."

Johannes Wecker stand auf und fühlte seine gesamten Eingeweide wie in einem Schraubstock eingespannt. Irgendwer zog immer fester an. Wecker stützte sich mit der Hand auf der Rückenlehne des Sofas ab. „Kann ich vielleicht eben mal kurz Ihr Bad benutzen?", fragte er.

„Sicher, gern! Es ist die Tür am Ende des Flurs links."

„Danke!"

Wecker wankte hinaus, während die Gastgeberin schon den Tisch abräumte. Im Bad zog ihn der Krampf schlagartig hinunter auf den Fußboden. Ächzend versuchte er, gegen den Schmerz zu atmen. Hoffentlich hörte die Alte draußen sein Gestöhne bloß nicht! Aber statt sich irgendwann einmal wieder zu lösen, wurde der Krampf immer stärker und schien sich in alle Körperteile auszudehnen. Ein Herzanfall war das jedenfalls nicht, soviel stand fest. Er musste aufstehen! Entsetzliche Übelkeit bemächtigte sich seiner. Matt hoffte der Stadtrat, dass die Alte wenigstens nicht nachfragte, wo er bliebe. Obwohl er doch langsam so weit war, um Hilfe zu rufen. Aber er bekam nicht einmal mehr das hin. Er starrte auf die altmodischen blaugrauen Kacheln, die man bestimmt in den Sechzigern zuletzt verlegt hatte. Vom Toilettenbecken, das sich ihm gegenüber direkt in Nasenhöhe befand, ging ein strenger Geruch aus. Da half auch der plüschige dunkelblaue Bezug nichts! Welch ein Ort zum Sterben!, schoss es Wecker noch durch den Kopf, und dann starb er wirklich, plötzlich und unerwartet.

„Und Sie fragen mich, wo er sein könnte? Aber ich bin doch hier diejenige, die eine Vermisstenmeldung erstatten will!"

Aufgeregt schlug eine elegant in Schwarz und Dunkelgrün gekleidete Dame mit der flachen Hand auf den Schreibtisch in der Polizeidirektion Worms. Dr. Oswald Lederer wurde seit zwei Tagen von seiner Frau vermisst und nun gerade offiziell als abgängig gemeldet. Der diensthabende Beamte entschuldigte sich und erklärte: „Wissen Sie, oft hilft es einfach, zu wissen, wo sich die gesuchten Personen gern und regelmäßig aufhalten, dann kann man dort ansetzen."

„Wollen Sie ihm jetzt etwa eine Geliebte andichten?"

„Ach was! Frau Lederer, nun bleiben Sie doch bitte sachlich und erzählen mir einfach, wo Ihr Mann arbeitet, wo er seinen Hobbys nachgeht, wo er normalerweise spazieren geht und so weiter."

„Oswald hat eine gut gehende Anwaltskanzlei in der Siegfriedstraße!"

Dem Beamten kam es vor, als bewege sich die Nase der Dame leicht in die Höhe.

„Dort arbeitet er von früh bis spät. Außer natürlich, wenn er bei Gericht ist. In seiner Freizeit, also nur am Wochenende, halten wir uns oft auf dem Golfplatz in Eich auf, und ansonsten nimmt mein Mann natürlich regelmäßig an den Sitzungen des Stadtrats teil, dessen gewähltes Mitglied er seit Jahren ist. Aber das wissen Sie ja sicher."

Der Beamte wusste das nicht, aber es interessierte ihn auch nicht besonders. Wahrscheinlich hatte der Herr Doktor nach Jahrzehnten mit dieser Gattin einfach mal eine Auszeit nötig. „Gut, das habe ich alles notiert. Und wann genau, sagten Sie, haben Sie Ihren Mann zuletzt gesehen?"

„Das war vorgestern beim Frühstück. Danach wollte er in seine Bürgersprechstunde. So was bietet Oswald nämlich an, weil er nicht nur im Wahlkampf über Bürgernähe reden will, sondern auch wirklich für seine Wähler da sein will."

„Wo findet die statt?"

„In der Geschäftsstelle der CDU in der Gaustraße."

„Frau Lederer, wir kümmern uns darum und Sie melden sich bitte auch, sollte Ihnen noch etwas einfallen oder sollte Ihr Mann wieder auftauchen."

Egbert Altenhauser freute sich, dass er auch nach dem Ausscheiden seiner Partei aus dem Stadtrat nach miserablem Wahlergebnis noch ein gefragter Mann war. Immer wieder bat man ihn um Rat, forderte sein Wissen an, hoffte, er würde seine guten Beziehungen spielen lassen. Er logierte in einer gediegenen Altbauwohnung in der Seidenbenderstraße, die er heute verließ, um eine treue Wählerin zu besuchen. Selten genug, dass ältere Damen zu seinem Wahlvolk zählten. Sonst waren es eher aufstrebende Angestellte und erfolgreiche Selbstständige. Und da die Dame nicht weit weg wohnte, quasi nur drei Straßen Luftlinie entfernt, besuchte er sie zu Fuß. Er klingelte im Erdgeschoss neben einem verklebten Schaufenster. Wie unansehnlich! Als der Türöffner summte, drückte Altenhauser gegen den Knauf und öffnete die Alutür in den Hausflur. „Hier oben, erster Stock!", schallte es durch das dunkle und muffig riechende Treppenhaus.

Schnaufend kam der Ex-Stadtrat oben an und schüttelte seiner Ex-Wählerin die Hand. „Angenehm, Altenhauser!"

„Hier entlang bitte. Möchten Sie ablegen?"

„Gern. Danke."

Als er am Kaffeetisch saß, der mit viel Liebe zum Detail gedeckt und geschmückt worden war, musste er sich eingestehen, diese Dame wahrscheinlich noch niemals zuvor gesehen zu haben. Was sie wohl von ihm wollte? Sicher würde, wie bei den meisten Senioren, auch von ihr irgendwann die Beschwerde kommen, die Wohngegend werde immer unsicherer. „Sagen Sie mal“, begann Altenhauser deshalb, „das Ladengeschäft unten, steht das schon lange leer?“

„Oh ja, schon mehrere Jahre. Sieht furchtbar aus, nicht?“

„Da sagen Sie was, gute Frau! Ich verstehe nicht, wie Hausbesitzer ihre Objekte dermaßen verlottern lassen können. Wenigstens Vorhänge gehören doch in so ein Fenster!“

„Dafür habe ich kein Geld!“

Egbert Altenhauser wurde sein Fauxpas bewusst: „Um Gottes willen, ich wollte Ihnen jetzt aber nicht zu nahe treten, entschuldigen Sie bitte vielmals.“

„Schon gut. Noch Kaffee?“

„Gern. Verraten Sie mir, wie es zum Stillstand kam?“

Die Dame nickte: „Ja, aber trinken Sie erst mal und probieren Sie bitte auch mein Gebäck.“

„Köstlich, Ihr Kaffee!“

„Darf ich noch nachschenken?“

„Unbedingt, unbedingt!“ Altenhauser trank in großen Schlucken auch die zweite Tasse leer. Er schaffte locker zwei Liter Kaffee am Tag!

„Und wie kann ich Ihnen denn nun helfen?“

„Sie tun es bereits, indem Sie hier sitzen, mir zuhören und mit mir Kaffee trinken.“

„Wie schön. Na, dann gießen Sie doch bitte noch mal nach!“

„Mit Freuden. Ich gieße mir schnell noch einen Tee in der Küche auf, Moment!“

Entspannt lehnte sich Egbert Altenhauser zurück. Diese Frau brauchte also nur jemanden zum Plaudern. Auch gut. Mit einem Blick auf seine Armbanduhr stellte er fest, dass er schon seit einer guten Dreiviertelstunde in der altmodisch barock eingerichteten Wohnung saß und Kaffee trank. Da zuckten seine Hände ganz unvermittelt. Verwundert versuchte Altenhauser das Zucken zu kontrollieren, aber stattdessen wuchs es sich zu einem Krampf aus, der sich in Windeseile über den ganzen Oberkörper ausdehnte. Ihm wurde schwarz vor Augen und er konnte sich nur mühsam auf dem Stuhl halten. Wo die Frau nur blieb? Rasende Bauchschmerzen ließen ihn nahe an die Ohnmacht geraten. Hatte er etwas Falsches gegessen? Aber die paar Kekse hier, die konnten doch nicht dermaßen schnell seinen Magen quälen. Einen Augenblick lang glaubte Egbert Altenhauser, der Schmerz lasse nach, weshalb er tief Luft holte, die er aber gleich darauf mit einem lauten „Aaah!“ wieder fahren lassen musste, als er den Trugschluss erkannte. Nun kam auch die Frau wieder ins Zimmer. Sie lächelte und setzte sich an ihren Platz. Bemerkte sie denn gar nicht, wie es ihm hier ging? Bedächtig hob sie mit beiden Händen ihre Teetasse und trank genüsslich. Altenhausers nächste Schmerzattacke riss ihn vom Stuhl. Wenn bloß sein Herz jetzt nicht schlappmachte! Gekrümmt lag er um die Stuhlbeine und versuchte, um Hilfe zu rufen. Warum bemerkte ihn diese Frau denn nur nicht? Oder wollte sie ihm gar nicht helfen? Im letzten Moment, bevor ihm die Sinne schwanden, fiel Egbert Altenhauser ein, woher er die Frau doch kannte: In früheren Jahren glaubte er, bei ihr Aufschnitt gekauft zu haben.

Eine alljährliche Routineuntersuchung konnte man es nicht nennen: Tierarzt Dr. Schmittich hatte länger gebraucht, bis er alle vier Wölfe im Gehege des Tiergartens per Blasrohr mit Betäubungsmittel in die Knie gezwungen hatte. Schließlich musste er so etwas auch nicht alle Tage tun. Aber da der Rüde und seine extra aus drei verschiedenen Zoos zusammengekauften Damen schon in der zweiten Saison keinen Nachwuchs produziert hatten, war er gebeten worden, nach

Gründen dafür zu suchen. Er zapfte allen Tieren etwas Blut ab und untersuchte sie später sogar per Ultraschall. Schade, dass jetzt kein Fernsehteam dabei war, sonst wäre auch er endlich in die Reihe der durch Tierpark-Soaps berühmten Veterinäre getreten! Schweigend verrichtete Dr. Schmittich seine Arbeit und wies nur dann und wann einen der Pfleger an, hier oder da zu helfen.

Zwei Tage später stand Dr. Schmittich mit dem Tiergartenleiter wieder am Rande des Wolfsgeheges und klang beunruhigt: „Wir müssen unbedingt zusammen das Gehege überprüfen, denn irgendwoher muss dieser Wert ja kommen, der mich nervös macht. Ich glaube auch nicht, dass es am Futter liegt, und am Trinkwasser kann es in dieser Konzentration eigentlich auch nicht mehr liegen. In allen vier Wölfen habe ich einen erheblich überhöhten Arsen-Wert gefunden, verstehen Sie das? Ach ja, und dann ist da noch das Ultraschallbild, das ich vor Ort nicht recht deuten konnte. Ich habe lange gerätselt und natürlich klingt das auch absolut bescheuert, aber der Fremdkörper im Darm des Rüden sah irgendwie genauso aus wie eine künstliche Herzklappe.“

Eine verwitwete Metzgersgattin, die gelauscht hatte, drehte sich um und ging Richtung Ausgang. Sie lächelte.

Hägar

Dass sich mein Leben in den letzten Monaten so grundlegend geändert hat, das hat wohl damit angefangen, dass ich dieses alte Haus an der Osthofener Hauptstraße kaufte. In meiner alten Zwei-Zimmer-Eigentumswohnung im Wormser Mehrfamilienhaus wäre mir das alles nie passiert. Nie!

Ich hatte mühsam alles von Grund auf renoviert und war eingezogen. Stolz ließ ich mein Werk bei der Einweihungsparty feiern, denn es hätte mir ja niemand zugetraut, die vergammelte Bruchbude in das schmucke Häuschen zu verwandeln, das nun zwischen Metzgerei und Weingut die Hauptstraße zierte.

Vermutlich wäre auch weiter nichts Gravierendes geschehen, hätte es nicht diesen Gewittersturm im Juli gegeben, acht Wochen nach meinem Einzug.

Schon den ganzen Tag über war es schwül und drückend gewesen und kaum jemand lief durch die Straßen. Gelblichgrau kündigte der Himmel bereits Stunden vorher an, was geschehen würde: Abends öffnete er bei einem ohrenbetäubenden Gewitter alle Schleusen und überschwemmte die Stadt. Ich fühlte mich sicher in meinem Haus, dessen Kellerdecke weit aus dem Boden ragte. Sollte der Keller doch notfalls volllaufen – was machte das schon.

Dann aber hörte ich es im Bad rauschen. Als ich die Tür öffnete, sprudelte mir Wasser entgegen, das munter über den Rand der Toilette schwappte. Na prima, eine Rückschlagklappe besaß mein Haus also nicht. Immerhin schien nur einigermaßen klares Regenwasser aus dem Kanal hochgedrückt zu werden, keine stinkende Kloake. Zumindest erschien das Mischungsverhältnis noch akzeptabel.

Plötzlich klatschte etwas Dunkles auf die Kacheln neben

der Porzellanschüssel. Es wand sich und zappelte panisch. Na so was, eine Eidechse im Abwasser! Ich griff das erstaun lich kräftig gebaute Tier und verließ das Bad. Hier konnte ich sowieso nichts tun.

Die Eidechse setzte ich in der Küche auf die Spüle, um sie mir genauer anzusehen. Verwundert hielt das Tier still und schien die Wärme der Lampe über der Arbeitsplatte zu genießen. Dann bemerkte es meine Hand neben sich und biss ebenso unerwartet wie heftig in meinen rechten Daumen. Fluchend riss ich die Hand zurück und steckte mir den blutenden Daumen in den Mund. Die Eidechse hatte wohl auch einen Schreck bekommen, jedenfalls glitt sie eilig von der Spüle und in die Ritze zwischen Herd und Küchenschrank.

Das Wasser aus dem Bad floss zum Glück von ganz allein in Richtung Haustür ab, also brauchte ich nicht viel zu unternehmen. Aber wo war die Eidechse? Ich leuchtete mit meiner Notfall-Taschenlampe in die Spalten zwischen allen Möbeln, aber nirgendwo konnte ich sie entdecken. Na, sie würde schon den Weg in die Freiheit finden. Jedenfalls interessierte es mich doch noch zu erfahren, um welche Art Eidechse es sich gehandelt hatte. Das Lexikon bot nur wenig Aufschlussreiches: Farblich wäre alles möglich gewesen, immerhin schienen sämtliche Eidechsenweibchen der Welt graubraun wie die meine zu sein. Aber mit den Größenangaben hatte ich ernsthafte Probleme: Während sich das Wasser immer noch leise plätschernd den Weg durch mein Haus bahnte, musste ich mich mit der Erkenntnis vertraut machen, dass keineswegs eine Eidechse zwischen meinen Möbeln hockte. Eigentlich logisch: Wo hatte man je von einer zubeißenden Eidechse gehört! Junge Krokodile, so las ich, maßen in etwa dreißig Zentimeter. Das kam hin, leider! Aber hatten die schon Zähne? Egal, es schmerzte jedenfalls höllisch! Und weg war das Vieh auch. Immerhin war das Gewitter vorüber und auch der Regen hatte sich in einen ziemlich normalen Landregen gewandelt.

Ich ging ins Bad, watete zum Schrank und angelte sämtliche Putzlappen, die ich finden konnte, heraus. Der Wasserstand im Toilettenbecken hatte wieder Normalniveau erreicht, sodass ich wirklich mit der Putzerei beginnen konnte. Ich rutschte auf nassen Knien über die Fliesen. Aus dem Augenwinkel bemerkte ich eine Bewegung im Flur. Das Tier! Es hatte die Deckung aufgegeben und schlich um das aufgeweichte Katzenfutter herum. Ich überlegte noch, ob und wie ich es fangen sollte, da glitt es ohne zu fressen wieder in die Küche und bog sich um das Heizungsrohr, das dort aus dem Fußboden kam.

Ein paar Tage später hatte ich mich daran gewöhnt, dass das Tier die Nähe meiner Heizungen suchte und sich freute, wenn ich im Duschbecken Wasser stehen ließ. Es hatte mich nicht mehr gebissen, allerdings hatte ich auch besser auf meine Finger geachtet. Das Katzenfutter schien das Tier überhaupt nicht zu beeindrucken und die Katze als potenzielles Frühstück zum Glück auch nicht. Immerhin bot meine Katze momentan auch noch deutlich mehr Masse als das Krokodilchen. Ich taufte es Hägar, weil ich es bei seinem Einzug noch schrecklich fand.

Mittlerweile wusste ich, dass mein neues Haustier auf Frisches stand: Immer wieder machte es sich über den Obstkorb oder Gemüsereste im Bio-Eimer her. Dieser Umstand trug mit dazu bei, dass ich vorerst kein neues Zuhause für Hägar suchte: Ich hatte noch nie zuvor von einem Krokodil gehört, das sein Dasein als Vegetarier fristete, also konnte es auch nicht übermäßig gefährlich sein. Es besaß zwar eine ansehnliche Anzahl an scharfen Zähnen, aber solange es die nur in Brokkoli vergrub, sollte es mir recht sein. Ich musste zugeben, dass es mir mehr und mehr gefiel, wie wohl sich Hägar in meinem Haus fühlte und wie sehr es mich faszinierte, dass er stundenlang träge in der Ecke liegen konnte, um ganz plötzlich und ohne erkennbaren Anlass wie wild loszuschießen, um sämtliche Stuhlbeine zu fegen und im Duschbecken zu landen – ob es nun gefüllt war oder nicht. Zudem reagierte er nach und nach auf meine Stimme. Er kam – abgesehen von seinen Döse-Phasen – angekrochen, wenn ich ihn rief, und fraß mir einigermaßen behutsam aus der Hand.

Als der Herbst dem Winter wich, maß Hägar schon einen guten Meter und musste sich verbiegen, um im Duschbecken zu baden. Der kleine Hof hinter meinem Haus war ringsum von alten Mauern umgeben und ich nutzte ihn nur zum Abstellen meines Fahrrades und für einen alten Tisch und zwei Stühle. Ich ersteigerte im Internet ein zu dieser Jahreszeit besonders günstig zu bekommendes Kinder-Planschbecken zum Aufblasen und stellte es in den Hof. Für die nächsten Monate sollte das doch wohl genügen, um Hägar schwimmen zu lassen. Tatsächlich, er freute sich riesig und nahm das Becken sofort an. Vor Freude schlug er seinen Oberkiefer in den Rand des Beckens, wobei sich herausstellte, dass Planschbecken nun einmal nicht für Krokodile gemacht sind. Ich hatte das Becken beizeiten entsorgt und organisierte mir eine alte Badewanne aus der Verwandtschaft – als Regenwasser-Reservoir für meine Zimmerpflanzen, wie ich vorgab.

Mein gesellschaftliches Leben ging dank Hägar in den letzten Monaten gegen Null. Ich traute mich anfangs nicht, ihn und meine Katze und mein Haus überhaupt allein zu lassen. Und Freunde einladen konnte ich auch nicht mehr:

Hägar wäre unweigerlich wenige Tage später im Tierheim oder im nächst gelegenen Zoo gelandet. Im Internet hatte ich recherchiert, dass wohl das Geschirr für einen Schlittenhund am besten passen würde, und so bestellte ich mir ein Exemplar bei eBay, das ich in mühevoller Handarbeit an düsteren Winterabenden umarbeitete, Hägar immer zwischen mir und der Heizung dösend.

Das Krokodil ließ sich das Geschirr anfangs nicht freiwillig anziehen, es zappelte und wand sich gewaltig. Mehr als einmal bekam ich dabei dann doch wieder den einen oder anderen Zahn zu spüren. Bei der Arbeit begründete ich meine Wunden mit einem überaus aggressiven Nachbarshund. Was allerdings niemand verstand, war, warum ich dem Hund nicht einfach aus dem Weg ging. Schließlich aber begriff Hägar, dass er nach dem problemlosen Überstreifen nicht nur eine Tomate – seine absolute Lieblingsspeise – bekam, sondern auch noch eine Runde an der frischen Luft in Aussicht stand. Meist erst nach Mitternacht wagte ich mich mit Hägar vor die Tür, um mich mit ihm vorsichtig von Hauseingang zu Hauseingang zu schleichen. Und es klappte wunderbar: Hägar watschelte neben mir her, blieb stehen, wenn ich es verlangte, bewegte sich weiter, wenn ich das wollte, und zerbiss im Vorbeigehen nur ein einziges Mal einen Fahrradmantel.

Als der Frühling in die Stadt einzog, drehte ich am Rad: Ich musste unbedingt wieder einmal richtig an die Luft, lange Spaziergänge unternehmen, und das bei Tageslicht! Ich konstruierte aus einer Fressbremse für Pferde einen passablen Maulkorb für Hägar, denn ein Krokodil auszuführen war an sich schon ein Wagnis, aber mit einem Krokodil ohne Maulkorb würde ich unbehelligt wahrscheinlich nicht einmal bis zur nächsten Ecke kommen. Ich beschloss, in die Offensive zu gehen und mein Haustier wie einen Hund registrieren und genehmigen zu lassen, um allem Ärger aus dem Weg zu gehen. Daher rief ich beim Ordnungsamt an.

„Guten Tag, ich möchte gern ein Haustier anmelden."

„Haustiere sind nicht meldepflichtig. Hunde unterliegen allerdings der Hundesteuer."

„Ich habe keinen Hund, ich habe ein Krokodil."

„Ja, klar. Und ich bin Elvis!"

„Nein, wirklich. Ich habe ein Krokodil und möchte es anmelden, damit ich mit ihm spazieren gehen kann."

„Krokodile gehören in Zoos, gute Frau!"

„Ja, aber meins kam zu mir, als es noch ganz klein war, und nun ist es ein wirklich zahmes Haustier geworden, das ich ausführen möchte."

„Aha. Hören Sie, ich habe hier noch mehr zu tun, veräppeln Sie mich also bitte nicht."

„Das liegt mir fern. Ich würde für mein Tier auch Steuern bezahlen, wenn Sie das wünschen."

„Von Krokodilsteuern ist mir nichts bekannt. Ich würde Ihnen aber dringend raten, das Tierchen in den Zoo zu bringen und sich selbst in ärztliche Behandlung zu begeben."

„Nein, nein, er beißt nicht, es geht mir gut."

„Soo einen Arzt meine ich auch nicht. Also gut: Wie heißen Sie? Wo wohnen Sie?"

„Und Sie versprechen, mir Hägar nicht wegzunehmen?"

„Hägar?"

„Das Krokodil."

„Tja, also, das müsste wohl unser Amtsleiter entscheiden. Da kenne ich mich nicht so aus. Fangen wir also noch mal an: Wie sieht Ihr Krokodil denn aus?"

„Sie wissen nicht, wie ein Krokodil aussieht?"

„Doch, sicher. Aber wie sieht Ihres aus? Farbe?"

„Braun natürlich."

„Was heißt hier natürlich? Es hätte ja auch blau sein können."

„Blau?"

„Und wie groß ist Ihr Krokodil?"

„Ich habe ihn gestern gemessen: zwei Meter fünfzehn."

„Wie bitte?"

„Aber wissen Sie, ich habe ein gutes Geschirr mit Maulkorb für ihn, Hägar lässt sich prima ausführen. Ich möchte halt nur, dass das amtlich abgesegnet ist und ich keine Schwierigkeiten bekomme, wenn ich mit einem Krokodil durch die Fußgängerzone gehe."

„Um Gottes willen! Wo, sagten Sie, wohnen Sie?"

„Das habe ich Ihnen aus gutem Grund noch nicht verraten. Also, was ist denn nun?"

„Ich kann Ihnen wirklich nur dringend raten, das Tier von einem Zoo abholen zu lassen. Bitte nennen Sie mir doch Ihre Adresse!"

Ich legte auf. Bei dieser amtlichen Ignoranz kam ich nicht weiter. Ich brauchte keine Klapsmühle, sondern eine Genehmigung. Man sah doch immer wieder Zirkustiere in der Stadt, deren Besitzer mit Sammeldosen danebenstanden. Ich wollte ja nicht einmal Geld mit Hägar verdienen, sondern einfach nur raus an die Luft. Aber wahrscheinlich hatte ich mir soeben die letzte Möglichkeit dazu verbaut. Wäre ich nur bei meinen nächtlichen Ausflügen geblieben! Tagsüber lümmelte Hägar jetzt meist auf dem Hof herum, wo er aber auf dem betonierten Boden wenig Bewegungsmöglichkeiten hatte. Deshalb schaffte ich ein Bassin für einen Gartenteich an, das nahezu die Hälfte meines Hofes einnahm. Mühevoll schleppte ich säckeweise Erde durch den Flur nach draußen, um das Becken zu unterfüttern. Schließlich befestigte ich auch noch ein riesiges Tarnnetz wie eine Zeltkuppel über dem Hof, um dem Metzger und dem Winzer nebenan keine Möglichkeit zu geben, Hägar beim Baden zu entdecken.

Aber es ging ja auch um mich: Ich hielt es einfach nicht mehr aus in meinen vier Wänden. Schließlich erstand ich einen uralten moosgrünen Lieferwagen, der aber frisch TÜV hatte und der vor allem nur vorn Fenster besaß, ansonsten aus solidem und – viel wichtiger – undurchsichtigem Blech bestand. An einem extrem frühen Samstagmorgen, die letzten Nachtschwärmer waren eben heimgekehrt, fuhr ich mit dem Heck dicht an mein Haus heran und schleuste Hägar in den Wagen, der sich dort sogleich über die als Köder ausgelegten Tomaten hermachte. Ein Hundegitter sollte verhindern, dass mein Krokodil bis zu mir auf den Fahrersitz kletterte, und das klappte bestens. Hägar genoss die Fahrt offensichtlich. Ich steuerte das Gänswieser Loch auf der Gemarkungsgrenze zwischen Osthofen und Worms an, von dem ich erst kürzlich in der Zeitung gelesen hatte, dass es besonders einsam gelegen sei. Da nicht einmal ein Kiosk oder gar ein offizieller Parkplatz vorhanden waren, schied das Gebiet als Ausflugsziel für die meisten Menschen einfach aus. Mir aber kam das sehr entgegen. An einem Feldweg konnte ich hinter dichtem Holunder perfekt getarnt parken und Hägar aus dem Auto lassen.

Aufgeregt blickte er um sich, reagierte aber immer noch auf mich, sodass wir eine gute Viertelstunde tatsächlich spazieren gehen konnten: Ich mit meinem Picknick-Rucksack, er an der Leine und im Geschirr. Es war wunderbar. Die Vögel zwitscherten, die Sonne schien von einem unglaublich blauen Himmel, die Bäume knospten in frischem Grün. Dann hatten wir unser Etappenziel erreicht, diesen ruhigen Weiher am Rand eines Wäldchens. Natürlich stand hier ein Schild, das mir das Verhalten in einem Naturschutzgebiet erklärte, aber was sollte ich machen? Wo sonst sollte ich Hägar seine Natur ausleben lassen? Ich ließ ihn also von der Leine. Es schien mir, als habe er mich kurz angegrinst, als er sich gleich darauf mit Schwung die Böschung hinab und in die Fluten stürzte. Im Nu war mein Krokodil unter Wasser verschwunden. Ich konnte nicht mehr erkennen, wo er herumschwamm. Erst als plötzlich die Wasseroberfläche an einer Stelle ganz hinten in Ufernähe aufriss, Hägars Gebiss in die Höhe schoss, ein Büschel Schilf abmähte und genüsslich kaute, sah ich ihn wieder. Später labte er sich an Wasserpflanzen und drehte endlose gemächlich gepaddelte Runden. Derweil hatte ich Zeit für ein ausgiebiges Picknick und freute mich über meinen Mut, diesen Ausflug unternommen zu haben.

Irgendwann schob Hägar seinen massigen Körper aus dem Wasser und legte sich dicht neben mir in die Sonne. Gemeinsam verdösten wir entspannt den Tag unter dem Frühlingshimmel. Wir konnten ja sowieso erst an die Rückreise denken, wenn die Dunkelheit das Umsteigen meines Krokodils vom Lieferwagen ins Haus kaschierte.

So wurden die Samstage zu wahren Highlights in unser beider Leben. Hägar bewegte sich so viel wie sonst die ganze Woche über nicht, wurde zum wahren Kunstschwimmer, futterte die Pflanzen im Weiher und am Ufer und ließ sich in der Sonne braten. Und ich, ich kam endlich wieder an die Luft. Nur mit einem Krokodil zwar, aber bei der Arbeit im Büro traf ich ja noch genug Menschen, um nicht vollends wunderlich zu werden.

Irgendwie war klar, dass das nicht ewig gut gehen konnte, aber bis zum Beginn der Sommerferien hatten wir Glück. Niemand begegnete uns bei unseren samstäglichen Ausflügen. Dann aber, am ersten Juli-Wochenende, ich hatte eben mein Picknick ausgebreitet, Hägar war gerade untergetaucht, marschierte eine gut gelaunte Familie – Vater, Mutter und zwei Kinder in Funktionskleidung – auf mich zu. Während das Familienoberhaupt eine Begrüßung schmetterte, betete ich im Stillen, Hägar möge unter Wasser bleiben.

„Ein wunderbares Fleckchen Erde, nicht?", sprach der Mann mich an und strahlte. „Na ja, nur furchtbar viele aggressive Stechmücken", entgegnete ich. Ich musste schließlich zumindest versuchen, diese Leute loszuwerden.

„Mama, ich will keine Stiche!", jammerte auch sofort eins der Kinder. Aber die Mutter stammte wohl auch noch aus der „Gelobt sei, was hart macht"-Generation und lachte nur: „Ach was, kommt mit rüber da vorne unter die alte Weide, da werden wir essen."

Und dann passierte natürlich das Unvermeidliche: Hägar tauchte auf. Zunächst bemerkte ihn niemand, denn Vater und Kinder suchten mit den Augen noch nach der Stelle am Ufer, die die Mutter meinte. Dann beging das Krokodil jedoch den Fehler, an einer Waldrebe zu zerren, die von einem Baum aus bis kurz über die Wasseroberfläche baumelte.

„Da, ein Krokodil!", schrie das gleiche Kind, das schon keine Mückenstiche gewollt hatte.

„Blödsinn!", brummte der Vater und winkte dem Kind, es solle sich endlich aufmachen und hinter seiner Mutter her zum ausgesuchten Essplatz wandern.

„Papa, wirklich, guck doch selbst!", rief das Kind und zeigte auf Hägar, der zugegebenermaßen ziemlich gefährlich aussah, als er mit der meterlangen Rebe kämpfte.

„Aber das kann doch nicht sein!", entfuhr es dem Vater.

Seine Frau reagierte schnell: „Kinder, sofort zurück zum Auto. Macht euch keine Sorgen, Papa kommt gleich nach." Sie schob ihre Kinder auf den Weg zurück, wo alle drei zu rennen begannen. Der Familienvater hatte derweil ein Handy gezückt und fragte mich: „Sagen Sie mal, Sie sitzen doch schon länger hier. Haben Sie es denn vorher gar nicht bemerkt?"

Mein Ruf wäre ohnehin ruiniert, deshalb fragte ich nur: „Was denn bemerkt?"

Er schnaufte: „Na, das Krokodil, um das es die ganze Zeit geht!"

„Quatsch, hier ist kein Krokodil. Oder sehen Sie eines?"

Hägar war offensichtlich satt und wieder untergetaucht.

„Trotzdem, ich rufe jetzt die Polizei an", verkündete der Mann. Ich geriet in Panik. Wer würde mir schon glauben, dass mein Krokodil Vegetarier war? Ich müsste zusehen, wie er von übereifrigen Veterinären eingeschläfert oder in den Zoo gesteckt würde. Blitzschnell griff ich mir einen dicken Ast, der am Boden lag, und wummerte ihn meinem Gegenüber auf den Schädel, bevor der noch mehr Krokodile sähe. Bewusstlos sackte der Mann zusammen und rutschte die Uferböschung hinab. Perfekt, wie er kopfüber im Wasser zu liegen kam! Es würde nicht mal Spuren von mir geben, außer natürlich am Ast, aber den gedachte ich mitzunehmen. Hägar kroch zufrieden aus dem Weiher. Zu meinem großen Glück war die Familie aus der entgegengesetzten Richtung gekommen, wohl irgendwo aus Herrnsheim über das freie Feld, sodass ich meinen Rückweg hoffentlich unerkannt antreten konnte. Ich legte Hägar wieder an die Leine und entschuldigte mich bei ihm, dass das Sonnenbad heute ausfallen müsse. Er war aber auch ganz zufrieden, den Tag im Wagen zu verbringen, zumal ich ihm aus dem nächsten Supermarkt noch ein Netz Tomaten mitbrachte. Bibbernd vor Angst saß ich dort auf dem Parkplatz Stunde um Stunde in meinem Lieferwagen und hörte Radio: Der Wert des Dollars hatte sich irgendwie verändert, es hatte Proteste gegen den Staatsbesuch eines arabischen Herrschers gegeben, der Tabellenführer hatte sein Spiel verloren, aber noch nichts über ein Krokodil in freier Natur oder gar über eine Leiche direkt daneben. Ich war heilfroh, als es endlich dunkel und ruhig genug war, um Hägar wieder nach Hause zu bringen. Ich ließ ihn ins Haus, legte ihm drei Köpfe Weißkohl hin und sah von da an sämtliche Nachrichtensendungen auf den privaten Kanälen.

Im Frühstücksfernsehen war es dann so weit: RTL berichtete von einer völlig hysterischen Familie, deren Vater in einem Naturschutzgebiet zurückgeblieben war, um die Polizei zu rufen, weil man ein Krokodil von mindestens fünf Metern Länge gesichtet hatte. Welch eine Übertreibung, Hägar maß jetzt gerade mal drei Meter neunzehn! „Das Untier – unser Papa – aufgefressen – blutrünstig ... “, mehr war von der Frau nicht zu verstehen.

Eine Stunde später berichteten auch die öffentlich-rechtlichen Sender über Hägar: Eine Familie auf Wandertour habe ein Krokodil entdeckt, zur Sicherheit habe der Vater die anderen zum Auto geschickt, das in drei Kilometern Entfernung geparkt war. Er habe nur der Polizei zeigen wollen, wo sich das Tier befinde. Als er bis zum Nachmittag nicht zurückgekehrt sei, habe die Ehefrau ihrerseits die Polizei verständigt, die überhaupt noch nichts von einem Krokodil wusste. Statt des Raubtiers habe man den Mann am Seeufer tot aufgefunden. In diesem Zusammenhang werde auch nach einer weiteren Person gesucht, die den Vorfall miterlebt habe und die eventuell ebenfalls in Gefahr geraten sei: Es handele sich um eine Frau mittleren Alters, mittlerer Größe, mittlerer Statur mit unbekannter Haarfarbe, in Jeans und blauer oder grüner Regenjacke. Ich freute mich zum ersten Mal im Leben, dermaßen unscheinbar zu sein!

Ganz dicke kam es aber am nächsten Tag in der Zeitung: Der Mann war erschlagen worden und danach im Tümpel ertrunken, jedoch wiesen keinerlei Spuren darauf hin, dass er gewaltsam ans Wasser gebracht worden war. Spuren eines Krokodils hatte man tatsächlich gefunden, sie führten durch den Wald und zu einer Holunderböschung am Rande eines Wirtschaftsweges, wo öfter Handelsvertreter ihre Mittagspause verbrachten oder Liebespärchen die Deckung zur Straße hin nutzten. „Wenn es nicht so verrückt klänge, würde ich sagen, das Krokodil ist mit dem Auto weggefahren“, wurde ein Polizeisprecher zitiert, denn die Tierspuren endeten hier. Leider habe man angesichts der Vielzahl der Fuß- und Reifenspuren nicht mehr klären können, ob die unbekannte Spaziergängerin möglicherweise auch hier geparkt hatte, denn sonntagmorgens käme an dieser Stelle allwöchentlich der örtliche Lauftreff zusammen und habe einfach alles zertrampelt. Und leider musste die Polizei auch zugeben, am Samstagabend nicht mehr ausreichend gesucht oder abgesperrt zu haben. Nur die am Rand des Weges und ohnehin tief verlaufenden Krallenspuren waren noch eindeutig erkennbar. Es wurden Vermutungen angestellt, ob vielleicht die Spaziergängerin vom Krokodil angegriffen worden sei, der Familienvater ihr habe zu Hilfe eilen wollen und dann vom Untier einen Schlag mit dem Schwanz gegen den Kopf erhalten habe. „Möglich wäre das rein technisch“, erklärte der Polizeisprecher, „aber die Frau haben wir noch nicht gefunden.“ Und wenn nun die Frau gemordet habe, fragte sich der Artikelschreiber. Aber er verwarf diese Möglichkeit, denn welchen Grund sollte sie haben, zumal in einer so brenzligen Situation wie der mit einem menschenfressenden Ungeheuer im See. Nein, die Ehefrau kannte die Spaziergängerin auch nicht. Und sie kannte die meisten der Menschen, die ihr Mann auch kannte, behauptete sie. Die Identität des getöteten Familienvaters brachte besondere Brisanz in den Fall: „Leitender Staatsanwalt tot aufgefunden", titelte die Tageszeitung.

Hägar und ich verkrochen uns in meinem Haus, er offensichtlich ruhig und zufrieden, ich fahrig und nervös. Im Büro wurde ich auf mein schlechtes Aussehen angesprochen und faselte etwas von Hormonproblemen und schlecht verträglichen neuen Medikamenten, so wurde ich in Ruhe gelassen und nur leise bedauert. Diese Ruhe hatte ich bitter nötig, kamen doch täglich neue Vermutungen ans Tageslicht: Der Staatsanwalt habe einen Mafioso eingebuchtet, dies sei nun die Rache, mutmaßte ein Anzeigenblättchen. Doch viel beunruhigender war die Neuigkeit, dass sich ein städtischer Angestellter erinnerte, vor vielen Monaten einen überaus merkwürdigen Anruf erhalten zu haben, bei dem eine Unbekannte ein Krokodil als Haustier registrieren lassen wollte. Er habe die Dame damals für geistig verwirrt gehalten, denn Fastnachtszeit sei nicht gewesen. Klar, dachte ich, wer wäre nicht etwas verwirrt, wenn ihm ein Krokodil aus dem Klo in die Wohnung schwappen würde! Das hatte ich nun davon, dass ich das Tierchen damals nicht gleich mit den reißenden Fluten wieder zur Haustüre hatte herausströmen lassen!

Unser schönes Ausflugsziel war seit dem tragischen Samstag logischerweise keins mehr. Jedenfalls nicht für uns, denn die Naturschutzbehörden beklagten einen regen Krokodilsucher-Tourismus an dem ehemals verschlafenen Weiher. Überhaupt trauten Hägar und ich uns nicht mehr aus dem Haus, nicht mal mehr zu unseren nächtlichen Spaziergängen. Es war alles viel zu riskant geworden.

Ich habe auch überhaupt keine Ahnung, wie das Veterinäramt auf mich kam. Jedenfalls stand eines Tages morgens noch vor acht Uhr ein sportlicher Mittvierziger mit einem Ausweis seiner Behörde vor meiner Haustür. Er bat um Einlass, da der Verdacht bestehe, dass in meinem Hause Wildtiere gehalten würden, und dies wohl nicht entsprechend der EU-Verordnung Nummer Soundso vom Wasweißichwievielten.

„Wer erzählt denn so einen Blödsinn?", fragte ich lächelnd, wenngleich mir der Angstschweiß aus allen Poren trat.

„Wir haben Hinweise aus der Nachbarschaft erhalten. Und deshalb habe ich auch noch gar nichts groß offiziell gemacht, sondern wollte einfach mal nachfragen, weil ich sowieso gerade hier vorbeikam. Kann ich jetzt reinkommen?"

Was sollte ich tun? Natürlich ließ ich den Mann in mein Haus. Binnen einer Minute war ihm klar, dass ich hier nicht allein lebte. Als er wohl gerade mit einem Fachvortrag über Tierhaltung ansetzen wollte, schoss Hägar in den Flur und walzte den Mann einfach zu Boden. Manchmal war er etwas ungestüm, aber mit Mitte vierzig ist man offensichtlich nicht mehr sehr widerstandsfähig, jedenfalls begann der Mann zu röcheln und griff sich ans Herz. Hägar war nach seiner wilden Begrüßung längst wieder im Hof verschwunden und kümmerte sich um nichts mehr. Während ich noch überlegte, wie dem Herrn Veterinär zu helfen wäre, schied dieser ganz leise aus dem Leben. Da stand ich nun mit einem aus der Nachbarschaft denunzierten Krokodil und einem toten Tiermediziner im Hausflur. Wenn Hägar wenigstens Fleischfresser gewesen wäre! Aber er verspürte nach wie vor keinen Appetit darauf. Dann kam mir die Entsorgungs-Idee: Sicher hatte mich der Metzger von nebenan angeschwärzt, der versuchte sowieso seit Monaten, mehr über mein Privatleben herauszubekommen. Er hatte sowohl mit Blumen und Sekt vor der Haustür gestanden als auch den Versuch unternommen, um mein weit gespanntes Tarnnetz herum zu erspähen, was ich im Hof so tat. Das mit dem Sekt konnte ich charmant mit Hinweis auf seine Gattin abbiegen, aber was er auf dem Hof gesehen hatte, wusste ich nicht. Dabei schien es mir, als sei das Netz noch immer weitgehend blickdicht. Der Metzger konnte höchstens Umrisse erkannt haben und Bewegungen, mehr nicht. Aber wenn ihm das schon ausreichte, um sich für meinen Korb zu revanchieren, bitte sehr. Im Hof der Metzgerei standen mehrere Rollcontainer und der größte davon, so viel wusste ich noch aus der Zeit, als ich ohne Tarnnetz täglich über die Mauer schauen konnte, diente zur Lagerung der Schlachtabfälle. Der Metzger rollte ihn jeweils am frühen Morgen in den Lieferwagen und brachte ihn zur Entsorgung, bevor er dann zum Schlachthof fuhr und neues Fleisch abholte.

Ich hatte ausgiebig zu tun und musste mich auch bei der Arbeit krankmelden, um das amtliche Problem aus dem Weg zu schaffen. Mit der Kettensäge kämpfte ich mich durch die Knochen und war froh, dass sich mein Brechreiz nach dem ersten heftigen Anfall fortan in Grenzen hielt. Wie gut, dass ich den alten Duschvorhang aufgehoben hatte, sonst wäre mein kompletter Keller-Fußboden verschmiert gewesen. So aber blieb der Herr Veterinär schön sauber in allen Einzelteilen auf dem alten PVC-Teil von Ikea. Abends, als der Metzger zu seinem Stammtisch und die Gattin wie allwöchentlich beim Gesangverein waren, hob ich mein Tarnnetz an und verfrachtete die Fleischbrocken in den Abfallcontainer. Der Kopf kam zuerst an die Reihe, damit er zuunterst zu liegen kam. Nicht auszudenken, was passieren würde, wenn noch jemand einen Blick in den Container warf, bevor er vom Hof kam! Mir wurde noch einmal so richtig übel, als mich der Mann aus glasigen Augen anstarrte, und so ein Kopf ist auch ganz schön schwer, aber schließlich hatte ich ihn und alles, was darunter gelebt hatte, in den Container gewuchtet und zur Sicherheit ein paar Schweineknochen darüber drapiert. Geschafft! Müde schleppte ich mich ins Haus, wo Hägar sich währenddessen mit ein paar Kohlköpfen amüsiert und die Küche ziemlich verwüstet hatte.

Ich wartete die Nacht über voller Unruhe, doch die Abfuhr des Containers geschah am nächsten Morgen völlig problemlos. So wie immer eben.

Nun musste ich nur noch wissen, was der Metzger tatsächlich über Hägar und mich in der Hand hatte. Aber das lange Grübeln wurde mir abgenommen: Ich bekam ein paar Tage später abends nach der Arbeit einen sehr merkwürdigen Anruf: „Kommen Sie um neun in den Stadtpark. Setzen Sie sich auf die Bank zwischen den beiden großen Kiefern."

„Wer sind Sie?", fragte ich aufgeschreckt.

„Das tut nichts zur Sache. Und Sie wollen doch sicherlich nicht, dass Ihrem Tierchen etwas passiert, nicht wahr?"

Wie der Metzger hatte der Anrufer nicht geklungen. Viel leiser, schärfer.

Was blieb mir also? Ich kippte Hägar eine Gemüseladung aus Tomaten, Salat und Kartoffeln in den Hof. Er wäre beschäftigt und zufrieden, bis ich nach Hause käme.

Auf dem Weg zum Stadtpark wurde mir immer mulmiger: Was, wenn irgendein Verrückter dort auf mich wartete? Oder wenn – viel schlimmer noch – kein Verrückter, sondern ein eiskalter Killer dort saß? Aber wieso überhaupt? Ich ärgerte mich, dass ich mich nicht in aller Ruhe zu Hause auf die Situation eingestellt hatte, sondern wie ein aufgescheuchtes Huhn nervös flatternd zum Stadtpark flog.

Auf der angegebenen Bank lag eine alte Zeitung. Ich setzte mich, nachdem ich vorher in alle Richtungen gespäht, aber niemanden entdeckt hatte. Wenig später kam ein Mann im dunkelgrauen Anzug auf mich zu, ganz offen durch den Park. Er lächelte knapp und setzte sich neben mich. „Schön, dass Sie so vernünftig waren, unsere Verabredung einzuhalten“, meinte er mit der Stimme, die ich schon vom Telefon her kannte.

„Was wollen Sie von mir?“, fragte ich.

„Von Ihnen? Nichts. Wir wollen Ihr Tier.“

„Wie bitte?“

„Stellen Sie sich nicht dumm. Wir möchten Ihr Tier für unsere Zwecke nutzen.“

„Ihre Zwecke? Wer sind Sie denn eigentlich?“

Der Mann zückte einen eingeschweißten Ausweis und schwenkte ihn kurz vor meinem Gesicht. Ich konnte lediglich erkennen, dass ein Foto darauf war, mehr erkannte ich nicht. Nicht einmal, ob es das Foto meines Gesprächspartners war. Was mich aber wirklich erstaunte, war, dass der Mann „BND“ murmelte. „Sie sind vom Bundesnachrichtendienst?“, fragte ich ungläubig.

„Hmm. Bringen Sie mich nun in Ihr Haus?“

„Wie käme ich dazu? Sicher hat schon ein Team von Spezialisten meine Wohnung auf den Kopf gestellt, während Sie mich hier rausgelockt haben!“

„Das sind Ami-Methoden, so was machen wir nicht!“, entrüstete sich der graue Herr, der bei näherer Betrachtung ziemlich braun gebrannt aussah und einen Dreitagebart trug. „Wir erbitten Ihre Kooperation.“

„Wozu denn überhaupt? Kann ich das endlich mal erfahren?“

„Ihr Tier kann für Deutschland von unschätzbarem Wert sein.“

Verwirrt war ich nur zu einem debilen „Hä?“ fähig. Dann

fragte ich: „Wieso mein Tier? Wieso nicht das Haustier von irgendwem?“

„Ihr Nachbar, der Metzger, hat in seiner Stammtischrunde etwas zu laut spekuliert, dass Sie da wohl ein ganz besonderes Haustier pflegen. Wie es der Zufall wollte, saß ein Informant von uns am Nebentisch und hörte alles mit an. Ein zahmes Krokodil wäre genau das Tier, das wir bräuchten.“

„Woher wollen Sie wissen, dass der blöde Metzger nicht einfach nur sturzbesoffen war und fantasiert hat?“

„Was glauben Sie, wer wir sind? Natürlich haben wir Sie ein wenig beobachtet.“

„Schon lange?“ Ich bekam Angst, man wisse längst Bescheid über die beiden Unfälle in letzter Zeit.

„Ein paar Tage nur. Aber die reichten aus. Deutschland braucht Ihr Krokodil!“

„Wozu?“

„Unterwasser-Aufklärung. Eine bessere Tarnung gibt es nicht.“

„Und wo wollen Sie da was aufklären? Ein Krokodil in der Spree vor dem Kanzleramt? Ich bitte Sie, das fällt auch dem eiligsten japanischen Touristen noch auf!“

„Über die Einsatzorte darf ich nichts sagen.“

„Und wenn ich nicht mitspiele?“

Er lachte trocken. „Dann ist Ihr liebes Tierchen heut am Tag im nächsten Zoo und Sie kriegen eine Anzeige wegen Tierquälerei und so weiter!“

„Aber ich will ihn doch gar nicht abgeben!“

„Daran war auch nie gedacht: Sie würden ihn natürlich als Trainerin begleiten und dafür von uns bezahlt. Auslandsreisen, Spesen, alles dabei, wenn Sie verstehen.“

„Ist nicht wahr ...“

„Wir treffen uns morgen um dieselbe Zeit hier, dann erwarte ich Ihre Zusage. Guten Abend!" Mit diesen Worten stand er auf und verschwand aus dem Park, ohne sich noch einmal umzusehen.

Mit zitternden Knien kam ich zu Hause an. Ob mein Haus wirklich noch mein Haus war? Oder hatte der BND am Ende doch meine Abwesenheit genutzt und die Räume verwanzt, Hägar etwas getan oder, oder, oder?

Als ich den Hausflur betrat, watschelte Hägar gemütlich auf mich zu, so gut das in dem mittlerweile viel zu engen Häuschen eben ging, und ließ sich tätscheln. Genüsslich grunzend bettete er seinen riesigen Schädel auf der Fußmatte und döste ein. Es schien ihm gut zu gehen. Zur Sicherheit durchforstete ich sämtliche Zimmer und den Hof, schraubte mein Telefon auf und suchte auch an meinem Computer nach Spuren für eine Wanze. Aber wo sollte ich suchen? Wie sah so etwas aus? Ich stellte fest, dass ich wahrscheinlich eine Menge lernen konnte, würde ich zum BND gehen. So ein Blödsinn! Ich war eine kleine kaufmännische Angestellte, die zufällig ein exotisches Haustier hatte, mehr nicht. Geheimdienst, haha! Aber der Mann hatte geklungen, als habe ich keine Wahl. Bevor ich mich von Hägar trennte und ihn nach Verbüßen der Haftstrafe für dies und jenes irgendwo im Zoo besuchen müsste, würde ich lieber mitmachen. Wen hatte ich schließlich noch im Leben außer Hägar?

Es war schon fast Mitternacht, als ich endlich zur Ruhe kam, nicht ohne dem Krokodil vorher noch ein paar Tomaten gegönnt zu haben. Aus Angst vor Geheimdienst und Metzger hatte ich Hägar im Haus gefüttert, aber die paar Tomatenflecken auf dem Teppich in der Küche machten auch schon nichts mehr aus. Mein Entschluss stand fest: Ich würde mit Hägar die Stadt verlassen. Es müsste doch irgendwo auf dem Land ein altes Haus mit großer Scheune zu mieten geben, in der Hägar ungestört leben konnte. Möglicherweise mit einem Teich dabei, das wäre natürlich ein Traum.

Ich stellte den Wecker auf drei Uhr und wachte dementsprechend schlecht ausgeruht auf, als er piepste. Eilig packte ich zusammen, was ich für die nächsten Tage zu brauchen glaubte. Ich rangierte den Lieferwagen wie immer dicht ans Haus und hoffte, der Metzger möge noch schlafen. Hägar kletterte ins Auto, ich warf mein Gepäck auf den Beifahrersitz, schloss das Haus ab und fuhr los. Erst mal irgendwo aufs Land, dachte ich mir. Nervös blickte ich immer wieder in den Rückspiegel und meine Furcht war begründet: Als ich die Stadtgrenzen Osthofens hinter mir gelassen hatte, bemerkte ich einen silbernen Wagen, der mir folgte. Das war ja zu erwarten gewesen. Ich verfiel trotzdem in eine gewisse Panik. Sie wussten, dass ich nicht kooperieren wollte. Hägar würde mir weggenommen. Ob ich das noch verhindern konnte?

Ich hielt am nächstbesten Parkplatz an und wartete einfach ab, dass sie kämen und das taten, was sie tun mussten. Sie redeten kaum mit mir, sondern stiegen gleich nach hinten zu Hägar. Der tat zum ersten Mal in seinem Leben etwas zu Erwartendes: Er zeigte Appetit auf frisches Fleisch. Beiden Männern, die mich verfolgt hatten, darunter der graue Herr vom Vorabend, biss er zunächst ein Bein ab, bevor er die vor Schmerzen und Angst völlig wehrlosen Männer ganz verspeiste. Zum Schluss, ich schwöre es, rülpste Hägar laut.

Davon wachte ich auf. Verschlafen quälte ich mich aus dem Bett und beschloss, mir niemals ein eigenes Haus zuzulegen. Beim Kaffee kochen ärgerte ich mich über die rotbraunen Flecken auf dem Teppich. Fast wie von Tomaten ...

Unterer Totpunkt

Irgendetwas stimmte nicht. Es war so ruhig, so verdammt ruhig. Der Wecker tickte nicht, was Viktor Werbel ansonsten zum Wahnsinn brachte. Gabys leises Schnaufen auf dem Kissen neben ihm war nicht zu hören, denn es war immer zu hören, da Gaby früher zu Bett ging und länger ausschlief. Seine Bandscheibe meldete sich, die neue Matratze brachte also auch nicht die erhoffte Erlösung. Und schließlich merkte er, dass es gar nicht die Matratze sein konnte, auf der er lag. Nachdem ihm all dies im Bruchteil einer Sekunde durch den Kopf geschossen war, öffnete Viktor Werbel abrupt die Augen.

Er lag nicht in seinem Bett. Und das war auch nicht die Decke des Schlafzimmers, an die er starrte. Es war einer der neuen Stößel. Du meine Güte, da musste er gestern Abend aber ordentlich einen draufgemacht haben, wenn er sich tatsächlich zum Schlafen in der Fabrikhalle auf dem Tischkissen der vor wenigen Monaten eingeweihten Hydraulikpressen ausgestreckt hatte. Dieser Begriff war definitiv beschönigend, das wusste er jetzt: Weich war an diesem Kissen absolut nichts. Kein Wunder, dass ihm nach Stunden auf dem metallenen Untergrund nun alles wehtat. Üble Kopfschmerzen plagten ihn zudem. Was gäbe er jetzt für ein Tablettchen!

„Bis heute Nachmittag, mein Schatz! Spiel schön!“, verabschiedete Mira Valbene ihre jüngere Tochter wie jeden Morgen, nachdem sie die ältere bereits an der Grundschule abgesetzt hatte. Wenn der morgendliche Terminstress mit den Kindern erledigt war, hatte sie erst einmal Zeit für sich. Zur Arbeit musste sie heute erst gegen Abend. Genüsslich zündete sie sich eine Zigarette an, die sie ungeniert direkt vor dem Eingang des Kindergartens rauchte. An den abschätzigen und manchmal strafenden Blicken der anderen Eltern störte sie sich nun wirklich nicht. Sie genoss den Anblick ihres silbrig glänzenden Cayenne, der in der Morgensonne funkelte und ihr wieder einmal bewies, dass sie eine erfolgreiche Frau war. Und das trotz zweier Kinder und eines verschwundenen Gatten. Ihre unregelmäßigen Arbeitszeiten waren längst kein Problem mehr, seit ihr Bruder und seine Frau von daheim in Sizilien dafür sorgten, dass sie in jedem Jahr ein neues Kindermädchen bekam, das bereitwillig zu allen Tages- und Nachtzeiten die Kinder hütete. Mira warf die Kippe achtlos in den Rinnstein und ging auf ihren Wagen zu. Sie freute sich auf den Job heute Abend, der war gut vorbereitet.

Viktor Werbel wollte sich mit Schwung aufsetzen, wie er es an jedem Morgen tat, doch nun merkte er, dass er nicht hochkam, so sehr er sich auch anstrengte. Die Knochen taten ihm weh, aber das nicht nur wegen der harten Unterlage, sondern auch wegen der ungewohnten Körperhaltung: Alle Viere weit von sich gestreckt lag er da. Nur den Kopf konnte er noch drehen, aber das unterließ er des Kopfschmerzes wegen sowieso besser. Wie war er hierhergekommen? Werbel ergab sich vorerst in sein Schicksal: Zuerst nachdenken, das hilft immer. Doch so sehr er auch grübelte, er konnte sich nicht erinnern, dass er spät abends noch in die Firma gefahren war (Gefahren? O Gott!). Er unternahm einen weiteren Versuch, von seinem unbequemen Nachtlager aufzustehen und musste dann doch den Kopf bewegen, um endlich herauszufinden, warum er nicht in die Senkrechte kam: Bewegungsunfähig lag er an Armen und Beinen gefesselt auf dem Tischkissen.

„Sicher, wo denkst du hin!“, knurrte Mira Valbene ärgerlich in ihr Handy. Glaubte der Chef etwa, sie habe die Lage nicht im Griff? Sie würde ihre Arbeit erledigen, wie sie es seit Jahren tat. Nur weil ihr beim letzten Treffen im „Da Giorgio“ beim Suchen nach dem bimmelnden Mobiltelefon auch ein bunter Zettel mit der Einladung zum Kindergartenfest aus der Handtasche gerutscht war, konnte er sie doch nicht einfach als ganz normale italienische Mamma abstempeln! Nach allem, was sie für ihn geleistet hatte! Mira klatschte wütend mit der flachen Hand an die Terrassentür und starrte in den Garten, während ihr Gesprächspartner leise und eindringlich weiter auf sie einredete. „Paolo, ich bin voll im Zeitplan, was willst du also?“, fragte sie und lehnte sich mit der Stirn ans Glas. Kapierte der denn überhaupt nicht, worum es ging? Sie wollte ihre Arbeit lieber gut als übereilt machen, das würde sich später auszahlen. Doch ihr Chef schien anderer Ansicht zu sein und forderte noch einmal mehr Tempo, bevor er das Gespräch beendete.

„Nicoletta, die Terrassentür müsste mal wieder geputzt werden!“, rief Mira dem Kindermädchen zu, das vor dem Fernseher saß und mühsam versuchte, dem Sprachprogramm „Deutsch für Alle“ zu folgen.

Der Stößel über ihm senkte sich ganz leicht. Einen Zentimeter nur, aber das leise Knacken kannte Viktor Werbel: Wenn irgendjemand die Verriegelung vergessen und danach die laute Hydraulikpumpe zum Wochenende abgeschaltet hatte, sackte der Stößel nach und nach ab. In der Hydraulik gab es immer irgendwo Leckagen, sodass der Totpunkt nicht gehalten werden konnte. Das hatte er montags schon öfter bemerkt, dass die Stößel nicht am oberen Totpunkt standen, sondern unten auf dem Tischkissen.

Das war nicht weiter schlimm, doch noch nie hatte er dazwischen gelegen. 50 Tonnen Druck erwarteten ihn ...

Werbel brach der Schweiß aus. Er zerrte an seinen Fesseln und drehte nun doch den Kopf auf die Seite, um vielleicht sehen zu können, wo und wie er vertäut war. Hatte er sich gestern etwa dermaßen die Kante gegeben, dass er die Frau abgeschleppt hatte und mit ihr hier gelandet war, um ihr zu zeigen, wer er war? Nur ein Chef konnte sich Fesselspielchen, die er sonst liebte, in einer Fabrikhalle gönnen. Das hatte er noch nie versucht, aber ihm gefiel die Idee. Immerhin konnte er so weit nach unten sehen, dass er seine offene Hose bemerkte. Dummerweise erinnerte er sich nicht mehr an den Orgasmus. Und wieso hatte ihn das Girl nicht wieder losgebunden?

Chiara und Maria Valbene sprangen ausgelassen durch den Garten. Ihre Mutter saß derweil auf dem Sofa im Wohnzimmer, rollte sich in aller Ruhe die Seidenstrümpfe hoch, bis sie perfekt saßen, und warf von Zeit zu Zeit einen Blick auf die hüpfenden rosa Mädchen auf dem Rasen. Sie musste lächeln: In Rosa wäre sie niemals zur Arbeit erschienen, aber sicher wüchse sich diese ebenso unumstößliche wie unerklärliche Farb-Präferenz mit den Jahren noch aus. Und wenn nicht? Mira schlüpfte in ihre dunklen Pumps und rief die Kinder zu sich, um sich zu veranschieden: „Und macht Nicoletta keinen Ärger, hört ihr?“ Die Kleine nickte artig, aber die Größere lachte nur und streckte dem Kindermädchen die Zunge heraus.

„Non farti arrabiare, Nicoletta!“, sagte sie zum Abschied, doch die junge Sizilianerin sah nicht so aus, als wolle ihr das gelingen.

Es knackte wieder über Viktor Werbel. Nervös blickte er nach oben und stellte fest, dass sich der Stößel diesmal deutlich gesenkt hatte. Ein Meter noch, nicht viel mehr!

Werbel begann zu schreien: „Haalloooo! Hiiilfe!", aber beinahe erwartungsgemäß kam niemand, ihn zu befreien. Samstags in einer mehrere Tausend Quadratmeter großen Fabrikhalle mitten in einem am Wochenende völlig verwaisten Industriegebiet, was erwartete er da auch!

Werbel riss jetzt fester an den Fesseln, kam jedoch nicht los, sondern spürte, wie die Bänder, die ihn am Tischkissen fixierten, in die Haut einschnitten und wie Schmerzen in der rechten Schulter dazukamen, als habe er sich das Gelenk ausgekugelt. Dem war zum Glück nicht so. Obwohl das auch egal gewesen wäre, dachte Viktor Werbel in einem Anflug von Sarkasmus: Wenn er ohnehin gleich platt wäre, bräuchte er auch kein funktionierendes Schultergelenk mehr.

Die Hydraulikpressen hatten eine Stange Geld gekostet, aber sie arbeiteten auch einwandfrei. Diese hier stand allein, aber gleich nebenan, da hatte Werbel in eine moderne Pressenstraße investiert: Vier Pressen, die Fahrtische jeweils rechts und links davon stehend. Die Werkstücke montierten seine Leute auf den Fahrtisch, der später automatisch in die Presse einfuhr, derweil auf der anderen Seite schon das nächste Werkstück montiert werden konnte. Perfekt automatisiert, Werbel hatte dadurch einige Arbeitskräfte einsparen können.

Aber dieser Stolz half ihm auch nicht weiter. Nicht jetzt.

Der Stößel war weiter abgesunken.

Den Cayenne hatte sie gegen einen gemieteten Audi getauscht, ein unauffälliges, aber schnelles Gefährt. Der Mann, den Mira Valbene zu treffen gedachte, bewegte sich viel zu öffentlich, als dass ihr eigenes Auto nicht irgendjemandem aufgefallen wäre. Um ihr Äußeres machte sie sich keine Sorgen: In Kindergarten und Schule war sie nur in Jeans und Pullovern bekannt und ansonsten lief ihr Privatleben auch ausschließlich zu Hause ab, sodass sie niemand so schnell mit dem Vamp in engem Kostüm und hohen Schuhen in Verbindung bringen würde, der jetzt auf das Nobelrestaurant zu schritt. Die kunstvoll aufgesteckte Frisur war eine Perücke, denn darunter trug Mira eine praktische Kurzhaarfrisur. Der junge Mann am Empfang riss sich geradezu darum, Mira zum Tisch zu geleiten, an dem ihre Verabredung bereits wartete. Da saß er! Miras Herz schlug ein klein wenig schneller, obwohl sie solche Situationen doch seit Jahren kannte. So lief es immer ab: Ein Treffen in noblem Rahmen, eher kurze Verhandlungen über das Geschäftliche, dann ab nach Hause und der Spaß konnte beginnen. Das war eine von Miras Bedingungen: Niemals auf neutralem Boden, immer in gewohnten Umgebung für den Mann, damit er sich sicher und locker fühlte. Ob das nun in seinem Schlafzimmer oder seinem Büro war, blieb für Mira völlig gleich. Sie straffte sich noch einmal und reichte dem strahlenden Mann am Tisch ihre Rechte: „Buona sera ...“, hauchte sie mit tiefer, rauchiger Stimme, ließ sich die Hand küssen und glitt elegant auf den Stuhl, den der junge Mann vom Empfang längst für sie zurechtgerückt hatte.

Das waren höchstens noch sechzig Zentimeter über seiner Nasenspitze.

James Bond kam dauernd in solche Situationen, und der kam jedesmal davon. Wenn nicht aus eigener Kraft, so durch die Hilfe einer kaffeebraunen Spionin, die in diesem Moment zur Doppelagentin wurde. Noch einmal brüllte Werbel aus Leibeskräften um Hilfe. Weniger, weil er Hilfe erwartete, sondern vielmehr, damit er sich nichts vorzuwerfen hatte.

Er starrte eine Zeit lang gedankenverloren auf den Fußboden. Leere. Betongraue Leere, in die sich plötzlich die dunkle Spitze eines eleganten Pumps schob. Die Spionin?

Viktor Werbel musste beinahe grinsen: Da ging es um sein Leben und er hatte, statt um Hilfe zu bitten, nichts Besseres vor, als alten Filmen nachzuhängen.

Dennoch genoss er es, den Blick nur langsam zu heben und an der schlanken Fessel und dem wohlgeformten und edel bestrumpften Bein hochgleiten zu lassen. Dieses Bein kam ihm bekannt vor!

Werbel hatte in seine Firma gewollt. Zu Hause träfe man eventuell auf seine Gattin, und das wolle er doch lieber vermeiden. Das konnte die Frau sich vorstellen. Also fuhr sie mit ihm auf das weitläufige Gelände seines Unternehmens und parkte vor dem Bürogebäude. Er führte sie in sein Büro, wo er zwei Whisky eingoss, ohne zu fragen, ob sie welchen mochte.

Sie setzte sich neben ihn auf ein schwarzes Ledersofa, nahm das angebotene Glas aber nicht. „Was ist, du Schöne?", fragte er.

„Lass uns jetzt zum Geschäftlichen kommen!"

„Wie – zum Geschäftlichen? Du bist eine ... ?"

Sie lachte so laut heraus, dass er in Rage geriet: „Erst schickst du mir Briefchen, dass du dich auf dem Ball des Mittelstands in mich verguckt hast, ich lass mich drauf ein und nun willst du bezahlt werden? Was für ein mieser Trick! Kriegst du sonst keine Freier?"

Sie lächelte milde und sagte: „Keine Sorge, so eine bin ich nicht. Du wärst auch gar nicht mein Typ!"

Er entspannte sich etwas und legte beide Arme seitlich auf die Rückenlehne des Sofas, sodass er beinahe den Arm um sie gelegt hatte. „Das sah im Restaurant vorhin aber noch ganz anders aus! Gibs schon zu, dass ich dich ganz schön anmache!“

Die Frau stand auf und lehnte sich an den Schreibtisch am anderen Ende des großzügigen Büros. „Okay, dann lass uns mal ...“

Werbel stand auf, griff nach ihrer Hand und hauchte ihr in den Nacken: „Ich zeig dir meine Firma, da gibt es tolle Stellen, an denen dus garantiert noch nicht ausprobiert hast!“

„Garantiert noch nicht!“, nickte sie, als sie mit ihm das Büro verließ.

Wenn es um seine Firma ging, war er einfach nur stolz.

Kurz darauf zeigte sich die Frau beeindruckt von den riesigen Hallen, in denen modernste Maschinen standen, um wiederum modernste Bauteile für die Automobilindustrie herzustellen. „Wahnsinn! Sag mal, da drüben diese irre großen Pressen, ist da schon mal was passiert?“

Der Mann raunte ihr aufgeregt ins Ohr: „Wir können da ja mal was passieren lassen!“

„Genau so was hatte ich vor, Süßer. Leg dich doch einfach mal drauf, dann fällt uns schon was ein, oder?“

Eilig schob sich Viktor Werbel hoch auf das Tischkissen der gigantischen Hydraulikpresse. „Komm, hier wirds dir gefallen“, meinte er und öffnete im Liegen Gürtel und Hosenbund. Ein helles Lachen kam zurück und er glaubte zu bemerken, dass auch sie sich voller Vorfreude die Kleidung lockerte. Er bemerkte noch zweierlei, bevor er einschlief: Seine phänomenale Erektion und einen Stich in den Oberschenkel.

Die Frau zog die Nadel aus seinem Bein und machte sich an ihre weiteren Aufgaben, bevor sie ging.

„Ob wir da mit einer Kuchenspende von Ihnen rechnen könnten?", fragte die Frau am Telefon. Mira Valbene stand im Flur und kaute an einem Fingernagel. „Wissen Sie, alle Eltern bringen da irgendwas mit."

„Ja, in Ordnung", brummte Mira und beschloss, Nicoletta nicht mehr als eine Backmischung anrühren zu lassen. Immer diese Verpflichtungen! Sie war mit Leib und Seele Mutter, aber bitte schön zu Hause. Obendrein meinte die Frau am Telefon kurz darauf noch, man sehe Mira ja sowieso so selten bei Veranstaltungen, das solle sie ändern, denn es fiele ja auch auf ihre Töchter zurück.

„Ich habe etwas ungünstige Arbeitszeiten, wissen Sie", versuchte sie ein Ausweichen.

„So? Wo arbeiten Sie denn?"

„Bei ... äh ... In der Gastronomie."

„Ach ja, klar, ihr Italiener, das hätte ich wissen müssen!", lachte die Frau.

„Ich bringe einen Kuchen mit. Wiederhören!" Wütend drückte Mira auf den roten Knopf ihres Telefons. Wahrscheinlich wüssten demnächst alle Eltern, dass sie in einer Pizzeria servierte oder so ähnlich. So ein Blödsinn! Andererseits eine gute Tarnung, grinste Mira in sich hinein. Maria rannte aus ihrem Zimmer bis in die Küche und sprang dort ihre Mutter an: „Mama, Mama, gehen wir heute endlich in den Zoo?"

„Gute Idee! Maria, das machen wir! Ich packe Proviant ein und du sagst Chiara Bescheid."

„Und Nicoletta!"

„Ach nein, lass die mal in Ruhe, dann hat sie mal frei und wir drei haben uns ganz allein."

„Na gut, Mama!" Maria flitzte zurück ins Kinderzimmer.

Mira Valbene lächelte zufrieden: Sie war der lebende Beweis dafür, wie gut sich Familie und Beruf miteinander vereinbaren ließen. Sie war hochzufrieden.

Knappe dreißig Zentimeter über seinem Kopf hing der unbedingt tödliche Stößel und was machte diese Frau? Sie sah zu!

„Mira! Mach mich los hier!"

„Guten Morgen. So viel Zeit muss sein, Viktor. Hast du gut geschlafen?"

„Ich habe nicht mehr viel Zeit, glaube ich. Mach mich los, ich bin schon ganz nass geschwitzt."

„Ach je, mein Armer, hast du dich auch schon eingenässt?"

„Mira, bitte!"

„Jaja, das kriegen wir schon. Aber jetzt wirklich zum Geschäftlichen: Mein Chef schickt mich."

„Dein Chef? Also gibst du zu, dass das mit der Verabredung ein Trick war?"

„Das schon. Aber mehr auch nicht. Laccio ist mein Chef. Das sagt dir doch was, ja?"

Der Mann erbleichte schlagartig. „Laccio? Aber wieso ...?"

Mira drehte sich um und blickte in die Weite der Halle. „Du hast ihn enttäuscht."

Werbel spürte, wie sein Puls beschleunigte. Dann fragte er: „Inwiefern?"

„Du schuldest ihm viel. Zu viel. Und du zahlst nicht pünktlich. Schon lange nicht mehr."

„Woher weißt du das?"

Mira Valbene antwortete nicht. Hätte er vor ihr gestanden, hätte er aber ihr genervtes Augenrollen gesehen.

Es knackte wieder, der Stößel senkte sich erneut.

„Mira, es eilt! Wirklich, es ist kaum noch Zeit. Ich kenne die Maschine. Die macht nicht Halt!"

Auch für die letzten zwanzig Zentimeter nicht, das würde schon an ein Wunder grenzen!

„So, tatsächlich?“ Sie stand in aller Ruhe neben der Presse.

„Du arbeitest wirklich für Laccio, was?“

„Wenn ichs doch sage! Er schickt mich. Er nimmt es mit den Rückzahlungen halt sehr genau.“

„Bitte, mach mich los. Er hat doch meine Lebensversicherung über zwei Millionen als Sicherheit. Im Moment bin ich halt nicht flüssig, das hab ich ihm doch auch schon ausrichten lassen..“

„Stimmt, von Mahnstufe eins und zwei weiß ich bereits. Jetzt lösen wir die Lebensversicherung ein.“

Werbel versuchte es noch einmal anders: „So eine wunderschöne letzte Mahnung.“

Sie fuhr herum und sagte kühl: „Ich bin die Stufe nach der letzten Mahnung, caro.“

Dann drehte Mira sich um und verließ die Fabrikhalle.

Hinter ihr knackte es erneut.

„Mira! Komm zurück! Ich gebe dir Geld, hörst du, viel Geld! Aber mach mich los von hier!“

Das würde sie ihm sowieso nicht glauben, aber was sollte er schließlich noch rufen? Der Stößel berührte bereits seine Nasenspitze, sodass er den Kopf jetzt schräg legen musste, um nicht die Nase gebrochen zu bekommen.

„Hiiiilfe!“, schrie Viktor Werbel erneut. Nun reute ihn die eigene Sparsamkeit: Hätte er in einen Wachdienst investiert, der auch durch die Maschinenhallen und nicht nur außen am Gelände vorbei partouillierte, wäre er längst gefunden worden. Es war also seine eigene Sparsamkeit, die ihn hier erledigte. Und natürlich seine eigene Habsucht: Laccio war kein Partner für Spielchen, das war längst bekannt. Dass er aber weibliche Kräfte einsetzte, um seine Zinsen einzutreiben, war Viktor neu. Eintreiben? Werbel brach zum x-ten Male der Schweiß aus. Nie, nie, nie hatte Laccio ihm Frauen geschickt, wenn er etwas von ihm wollte. Seit Jahren waren es Männer gewesen. Das konnte nur bedeuten, dass es jetzt ernst war. Sie würde ihn wirklich nicht losmachen! Es war vorbei! Sein letztes bisschen Hoffnung ließ er mitsamt einem Schwall heißen Urins fahren, als es im Rahmen knackte und der Stößel nun direkt sein Gesicht und den Brustkorb berührte. Panisch riss Viktor Werbel an den Fesseln. Er konnte sie zwar lockern, stieß dann aber immer wieder oben oder unten an die Presse, sodass er nicht weiterkam.

Warum hatte er nicht auf seinen Vater gehört? Zum ersten Mal im Leben ärgerte sich Viktor Werbel darüber. Immer nur Geschäfte mit soliden deutschen Partnern, damit war Werbel senior bestens gefahren. Aber er, er musste es dem Vater ja unbedingt zeigen und hatte aus der kleinen Maschinenfabrik ein dickes mittelständisches Unternehmen gemacht. Wenn er doch nur zufrieden gewesen wäre mit dem, was die Generationen vor ihm erwirtschaftet hatten!

Als der Stößel sich erneut wenige Zentimeter senkte, knackten neben der Maschine auch Viktor Werbels Wangenknochen und drei oder vier Rippen. Dann wurde er ohnmächtig.

Über das Wochenende hatte wieder einmal jemand die Verriegelung an einer der Hydraulikpressen vergessen. Zudem war ein merkwürdig rotbunter Brei aus der Presse gequollen. Nur anhand der Hand, die an eine Stange neben der Maschine gefesselt war und den Siegelring der Werbels trug, konnte man noch erahnen, dass es wohl der Firmenchef gewesen sein musste. Der Schichtleiter sperrte montags in aller Frühe die komplette Halle ab, bevor er die Polizei verständigte.

Die nur dank Beruhigungsspritzen ansprechbare Witwe gestand einige Stunden später, welches Vergnügen Viktor Werbel an Fesselspielchen gehabt habe. Allerdings nicht mit ihr. Sie hatte den Abend mit Mario verbracht, einem Ingenieur aus der Firma, der ihr die Zeit schon seit Monaten angenehmer zu gestalten wusste als ihr Ehemann.

Es war für die weiteren Ermittlungen unerheblich, dass der Mann, der den Brei vom Tischkissen abkratzen und in die Rechtsmedizin bringen sollte, sich neben der Presse erbrach.

Tsunami und Rosmarinkartoffeln

Sie, ich muss Ihnen jetzt mal was erzählen. Irgendjemandem muss ich es ja mal verraten. Mein Mann, der Gernot, und ich, wir haben uns kennengelernt, da waren wir beide noch ganz jung, er neunzehn, ich ein Jahr jünger. Und schon damals haben wir uns absolut geähnelt. Ja, ich weiß, bei alten Ehepaaren soll das ja vorkommen, aber bei uns war das von Anfang an so. Viele Leute haben uns für Geschwister gehalten. Gleiche Größe, gleiche Haar- und Augenfarbe, ähnlicher Körperbau – total verblüffend! Aber sowas gibts eben, und sonst hätte das alles auch gar nicht geklappt, was ich Ihnen jetzt erzählen will:

Mein Gernot war Winzer. Er hat den elterlichen Betrieb übernommen und ich bin nach meiner Lehre als Hauswirtschafterin natürlich mit eingestiegen als billige und immer verfügbare Arbeitskraft. Wir haben es lange versucht, aber Kinder haben wir nicht bekommen. Aus heutiger Sicht war das auch besser so, denn sonst hätte ich eine Menge zu erklären gehabt.

Die ersten Jahre waren richtig schön. Arbeitsreich, aber auch angenehm, weil wir uns wirklich geliebt und respektiert haben. Irgendwann aber hat der Gernot dann begonnen, immer mehr von seinem eigenen Wein zu trinken. Gleich nach dem Frühstück hat er angefangen und spät nachts war immer erst Schluss. Das war ziemlich anstrengend, ihn so zu ertragen. Und eines Tages bekam ich auch von seiner ersten Liebschaft erzählt. Bei uns auf dem Land bleibt sowas ja nie lange geheim. Ich habe ihn niemals darauf angesprochen, aber ich habe ihm nachspioniert. Erst hatte er so ein kleines Blondchen aus dem Nachbarort, dann eine Brünette aus

Worms, die gar nicht mal so viel jünger war als ich. Dass er später sogar etwas mit der Frau eines seiner besten Kunden angefangen hat, das hat mich dann schockiert. Irgendwie hatte er wohl gar kein Schamgefühl mehr. Natürlich war das Vertrauen dahin. Was im Prinzip egal war, denn der Respekt war vorher schon verschwunden, seit der Gernot so gesoffen hat und allzu oft eine recht jämmerliche Gestalt abgegeben hat.

Das Fass zum Überlaufen hat dann dieser eine Nachmittag im Frühsommer gebracht: Gernot wollte, dass ich in unserem Dornfelder-Wingert die Reben ausbreche, damit die Trauben mehr Sonne abbekommen. Er selbst hätte einen Termin bei der Landwirtschaftskammer, sei aber rechtzeitig zurück, um mich wieder abzuholen. Immerhin brachte er mich ja auch mit unserem Benz in die richtige Weinlage, bevor er weiterfuhr. Ich war schon nach zwei Stunden fertig mit der Arbeit, setzte mich auf einen dicken Stein am Rande der Rebzeilen und wartete auf meinen Mann. Der kam aber noch lange nicht. Statt dessen hielt ein Nachbar, der auch vom Ausbrechen kam, und bot mir an, mich zu Hause abzusetzen. Ich stieg in seinen alten Lieferwagen und zusammen rumpelten wir auf dem Feldweg bis zur Landstraße. Auf dem Weg ins Dorf sah ich plötzlich in einem Stich unseren Benz stehen. „Halt an!", schrie ich, und der Fahrer bremste fest. Neben Gernots Wagen stand ein Wohnmobil.

Mein Nachbar schob seine Kappe in den Nacken, kratzte sich am Kopf und murmelte: „Eieiei ..." Mehr sagte er nicht, aber es war sowieso allgemein bekannt, dass in manchen von der Straße aus ebenso gut erreichbaren wie schlecht einsehbaren Wegen sogenannte Damen aus der Großstadt ihrem sogenannten Gewerbe nachgingen. Ich sagte nichts weiter, sondern stieg aus und schickte meinen Chauffeur mit einem Wink wieder los. Er zuckte mit den Schultern und gab Gas. Ich aber zog meinen Schlüsselbund aus der Arbeitshose, an dem auch der Autoschlüssel hing. Das Wohnmobil schwankte und ich glaubte auch das Stöhnen aus seinem Inneren meinem Gernot zuordnen zu können. Nur weg von hier!

Ich stieg in den Benz und fuhr zitternd nach Hause. Der Nachbar stand auf dem Gehweg und sah mich fragend an, aber ich verschwand lieber schnell im Haus.

Erst über zwei Stunden später tauchte Gernot auf und fluchte laut und derb, als er das Haus betrat. „Wieso steht das Auto da draußen?“, brüllte er statt einer Begrüßung.

„Wieso nicht?“

„Weil ich es eben als gestohlen gemeldet habe!“

„Wieso denn gestohlen?“

„Weil es plötzlich weg war!“

„Im Gegenteil: Ich bin am Auto vorbeigekommen und du warst weg. Da habe ich es eben nach Hause gefahren. Warum hast du überhaupt dort im Acker gehalten?“

„Der Motor hat gestottert.“

„Davon habe ich gar nichts bemerkt.“

„Ha, Frau am Steuer! Was glaubst du eigentlich, wie ich jetzt vor der Polizei dastehe? Da rufst jetzt aber du an und erklärst denen das!“

„Der Motor lief einwandfrei, Gernot.“

„Der Vergaser. Vielleicht hattest du einfach Glück auf den paar Metern.“

„So ein Zufall, dass du genau bei diesem Wohnmobil geparkt hast.“

„Weil ich froh war, überhaupt noch von der Landstraße runter zu kommen.“

„Ich habe dich gehört."
„Mich gehört?"
„Na, da drin."
„Da irrst du dich."
„Doch! Wenn ichs doch sage! Du hast laut gestöhnt."
„Vielleicht hast du mich gehört, als ich den Abhang runtergerutscht bin, da bin ich an einem Ast hängen geblieben."
„Wieso rutschst du denn den Abhang runter?"
„Na, weil ich zur Werkstatt wollte."
„Aber die Polizei, die hast du doch mit deinem Handy gerufen, oder?"
„Tja, dass ich das Handy in der Tasche hatte, war mir in dem Moment vor lauter Aufregung gar nicht klar."
„Aufregung."
„Jaaawooohl, Aufregung. Da wollt ich dich mal sehen, wie nervös du in so einer Situation wärst!"
„Gernot, ich würde niemals in so ein Wohnmobil steigen."
„Quatsch! Wenn du eine Autopanne hättest."
Ja, so ging das noch eine ganze Weile weiter. Gernot war nicht zu einem Geständnis bereit und ich war fortan noch misstrauischer als sonst, wenn er das Haus verließ.

Aber was kannst du als Frau ohne eigenen Betrieb oder festen Job schon tun? Nichts, wie immer. Der Zufall kam mir eines Tages zu Hilfe: Alle Winzer machen immer im Januar Urlaub. Logisch, weil da wenig zu tun ist. Der Wein wird bis Weihnachten ausgefahren, der Rebschnitt reicht auch im Februar noch, also fährt man, wenn überhaupt, Anfang Januar los. Im November eröffnete mir Gernot, dass er nach Thailand fahren wolle, und zwar allein. Ich war wie vor den Kopf gestoßen, denn trotz aller Affären war er seit Jahren immer noch brav mit mir in Urlaub gefahren. Natürlich fragte ich unter einem Vorwand auch gleich im Reisebüro nach, ob Gernot wirklich allein reisen würde, aber siehe da, er hatte tatsächlich nur ein Ticket gebucht. Ich traute mich zu fragen, ob er den allgemeinen Sextourismus mitmachen wolle, aber ich bekam keine Antwort. Statt dessen erlebte ich immer wieder, wie Winzerkollegen meinem Mann auf die Schulter klopften, anzüglich lachten und „viel Spaß da unten" wünschten. Da stand mein Entschluss fest: Ich würde eben auch allein in Urlaub fahren! Nur: Wohin? Während des Kataloge wälzens reifte dann mein Plan ...

Direkt nach den Weihnachtsfeiertagen ging ich zum Friseur und ließ mir einen flotten Kurzhaarschnitt verpassen, beinahe so kurz wie der von meinem Gernot. Nicht, dass er das bemerkt hätte, aber erstens stand mir das gut und zweitens brauchte ich diese neue Frisur einfach. Mittags vor Gernots Abreise nach Thailand, der Koffer war längst gepackt und stand bereit, servierte ich einen saftigen Rinderbraten mit Rosmarinkartoffeln und grünen Bohnen. Er sollte mich wenigstens kulinarisch in Erinnerung behalten, mein Gernot.

Als ihm nach dem Verdauungsschnaps erst schlecht wurde, dann schwindlig und dann der Kreislauf verrücktspielte, gab ich ihm noch etwas Kräutertee, denn offensichtlich hatte die Menge nicht ausgereicht. Bei einer Krimilesung hatte ich einmal gehört, dass Eibennadeln hochgiftig sind und zur Atemlähmung führen, aber die Menge hatte die Autorin leider nicht verraten. Eine uralte Nachbarin hatte mir zudem von einer unglücklich verliebten jungen Frau erzählt, die sich vor Jahrzehnten mit Eibennadeln umzubringen versucht hatte, was aber fehlgeschlagen war. Auf die Menge kam es an, aber wie konnte man so etwas schon für einen

Mann wie Gernot berechnen? Also hatte ich zur Sicherheit einen Auszug aus einer garantiert ausreichenden Menge an Nadeln gemacht und bot ihn als Kräutertee gegen die Magenschmerzen an.

Abends legte er sich stöhnend in die Badewanne: Zur Entspannung und als letzte Reinigung zu Hause, denn wer wusste schon, wie die sanitären Anlagen bei den Asiaten aussähen. Erst jetzt wirkte mein Rezept, Gernot sackte zusammen, rutschte tiefer ins Wasser, blubberte noch ein paarmal und gab schließlich keinen Laut mehr von sich.

Haben Sie jemals versucht, einen nackten, nassen und obendrein mausetoten Mann aus der Badewanne zu hieven? Ich schaffte es jedenfalls nicht. Und einfach liegen lassen ging ja auch nicht, immerhin hatte ich in den nächsten Tagen etwas vor. Die Badewanne war im Prinzip ein idealer Ort: Das noch warme Blut konnte direkt ablaufen und nichts konnte aus Versehen auf den Teppich tropfen. Also zerlegte ich meinen Gatten gleich dort mit meiner Geflügelschere (die kleinen Teile) und der Astschere (die größeren). Nach dieser kraftraubenden Anstrengung wickelte ich Gernots Einzelteile in die Folie, die wir sonst vor deren Transport um palettenweise verpackte Weinkisten schlingen. Ich verfrachtete die Pakete in die Kühltruhe im Keller und wusste sie dort gut gelagert für die nächste Zeit. Hinterher ging ich noch einmal ins Bad: Die Wanne sah auch nach dem Schrubben mit allerlei ätzenden Mitteln unappetitlich aus, obwohl sie nur noch einen höchstens für geübte Hausfrauenaugen wahrnehmbaren gelblichen Film aufwies. Ich war mir sicher, nie wieder darin liegen zu wollen. Ein bisschen Stil musste schließlich gewahrt werden!

Am Tag darauf machte ich mich auf, nach Thailand zu

fliegen. Ich hatte Hosenträger suchen müssen, um Gernots Hosen nicht zu verlieren, aber schließlich sah ich ihm und vor allem dem Passbild sehr ähnlich.

Zur Sicherheit hatte ich mir einen Flughafen-Shuttle bestellt, der mich an der Haustür abholte, damit ich auf dem Weg zum Bahnhof niemandem mehr begegnen konnte. Ein junger Student fuhr den Kleinbus und er war viel zu müde, um mich genauer zu betrachten oder Fragen zu stellen. Auf dem Frankfurter Flughafen wurde ich noch einmal extrem nervös: Die neuartigen „Nacktscanner" hätten mich auffliegen lassen können, aber nichts passierte, und so saß ich als Gernot im Flieger gen Phuket.

Ich genoss das warme Wetter und die langen Strände, aber nach drei Tagen schlich ich mich einfach mit meinen Wertsachen und einigen erst hier erworbenen Kleidungsstücken in einer Reisetasche aus dem Hotel. Irgendwie hat es keinen richtigen Spaß gemacht, immer in Männersachen herumzulaufen. Was hätte ich dafür gegeben, im Badeanzug am Strand zu liegen! Aber die Leute sollten ja nicht glauben, ich sei irgendwie merkwürdig veranlagt, weil ich schließlich als Mann eingecheckt hatte. Außerdem war es sicherer, wenn man hier nur Gernot kannte. Obwohl mir noch ein kleiner Tsunami, von dem ich im dritten Stock des Hotels aber nicht einmal etwas mitbekommen habe, gerade recht kam für später.

Auf verschlungenen und nicht immer ganz bequemen Pfaden reiste ich bis nach Bangkok und hoffte, dieser Abstand würde reichen, um nicht aufzufallen. Unter meinem Mädchennamen buchte ich einen Flug und erklärte, ich sei seit einiger Zeit geschieden und mein Ausweis sei noch nicht aktualisiert worden. Was im Ausland alles geht!

Der Flug nach Wladiwostok verlief ruhig und den Platz in der Transsibirischen Eisenbahn hatte ich schon aus Bangkok gebucht. Damit erfüllte ich mir einen alten Traum: Einmal so richtig Eisenbahn fahren und quer über den Kontinent reisen. Über neuntausend beruhigend ratternde Kilometer lagen vor mir.

Gleichzeitig natürlich eine relativ diskrete Bewegung in Richtung Heimat.

Fünfzehn Tage später hatte ich in Moskau ein paar Stunden Aufenthalt, also führte mich mein erster Weg dort zu einem Friseur. Flott gestylt und modisch gefärbt trat ich die Weiterreise mit dem Zug nach Hause an. Müde und hungrig erreichte ich unseren Ort und ging gleich in die Pizzeria im Bahnhofsgebäude, um einen würdigen Abschluss meiner Weltreise zu begehen. Ich bestellte Lammfilet mit Rosmarinkartoffeln.

Natürlich traf ich dort Bekannte, die sich auch freuten, mich zu sehen und denen ich von meiner Bahnreise durch Russland berichtete.

Später kamen andere Leute dazu und sie fragten ganz unverblümt nach Gernot. Sie hätten gehört, er sei aus seinem Hotel bei Phuket verschwunden.

Die Polizei habe schon an unserem Weingut geklingelt, aber dort war ja alles verschlossen. Man hatte nur die Nachbarn angetroffen, die unsere Blumen gossen und die Katze und die beiden Schweine im Stall fütterten. Die Nachbarn hatten den Beamten auch schon erzählt, dass wir getrennt in Urlaub gefahren seien.

Ich spielte die Überraschte und Erschrockene und ließ mich sofort von einem der Paare nach Hause bringen, um die Polizei anzurufen und mich nach dem Wahrheitsgehalt des Gerüchts über meinen Mann zu erkundigen.

Nicht einmal zwei Stunden später saß ein netter Herr von der Kripo in Worms auf meinem Sofa. Natürlich hatte auch er schon vom Tsunami gehört, der einige Todesopfer gefordert hatte. Gernots Leiche war jedoch nicht aufgetaucht. Er versuchte, mich auch damit zu beruhigen, dass jedes Jahr reihenweise Männer nach Thailand reisen und untertauchen, weil ihnen das Leben dort angenehmer erscheine als hier. Es müsse also noch nichts heißen, dass Gernot sich die ganze Zeit über nicht gemeldet habe. Sowas käme leider öfter vor.

Gleich am nächsten Tag machte ich mich daran, das erste von Gernots Teilen aufzutauen, den linken Unterschenkel mit einem Fuß, an dem die Nägel dringend der Pediküre bedurft hätten. Fortan bekamen meine lieben Schweine täglich Extraportionen. Schweine sind Allesfresser, zum Glück. Nur mit den Knochen konnten sie nichts anfangen.

Aber hatte ich nicht irgendwo gelesen, dass Knochenmehl ein optimaler Gartendünger sei? Es krachte gottserbärmlich, aber was wollte man tun? Der Gartenhäcksler schaffte es leider nur grob, die von den Schweinen fein säuberlich abgenagten Knochen zu zerkleinern. Schließlich holte ich die alte Getreidemühle aus dem Schuppen. Ich hatte mir vor langer Zeit eine gewünscht und dabei an eines dieser nostalgischen Exemplare gedacht, doch Gernot hatte ein supermodernes, elektrisch betriebenes Gerät angeschleppt. Heute fand ich das gut. Einen Teil des Knochenmehls bekamen wieder die Schweine, die langsam rund und dick wurden.

Einen kleinen Teil brachte ich aber auch in den Wingert, in dem unser Gewürztraminer wuchs. Gernot hatte diesen Wein besonders geliebt, aber ich hasste diese süße Brühe! Nun lag mein Mann für immer zu Füßen seiner heiligen Rebzeilen.

Ich ließ derweil mein Bad komplett renovieren und kaufte eine dieser modernen Sprudelwannen mit kalkabweisender Beschichtung. Es ist ein Genuss, darin zu liegen! Nur ganz selten denke ich noch an die alte Wanne und ihr Aussehen.

Immer mal wieder erkundigten sich Freunde, Bekannte und Nachbarn, ob es noch kein Lebenszeichen von Gernot gebe und bedauerten mich sehr: Mal als Witwe, mal als von einem Thailand-Fahrer mit eindeutigen Absichten verlassene Ehefrau.

Wenn nur der Kopf nicht gewesen wäre. Was macht man mit einem Kopf, der in keinen Häcksler passt und den kein Schwein anknabbern will? Ich habe ihn also im Garten verbuddelt, mit den Augen zur Mauer. Zu dumm, dass letzte Woche dieser Wasserrohrbruch dazwischenkam, weswegen neben dem Kelterhaus ein riesiges Loch in den Garten gebaggert werden musste. Aber eigentlich war es doch ein perfektes Verbrechen, finden Sie nicht? Nur den Baggerfahrer muss ich jetzt auch noch verschwinden lassen ...

Crossover

Sie trafen sich seit acht Wochen. Esther erwartete seitdem ungeduldig jeden Dienstag und jeden Freitag. Endlich kam sie mal wieder raus. Das hatte ihr lange Zeit gefehlt. Daniel schaffte es jedes Mal, dass sie sich nach ihren schweißtreibenden Treffen bestens fühlte. Zufrieden, ausgeglichen und ausgetobt, fit und sportlich. Aber so soll das ja auch sein bei einem Lauftreff. Anfangs hatte Esther mörderischen Muskelkater gehabt, doch das hatte sich beizeiten gegeben. Immerhin, sie hatte wenigstens noch Muskeln! Und endlich mal wieder ausschließlich mit Erwachsenen zusammen zu sein, das tat auch gut.

Die etwa zwanzigköpfige Gruppe war wie stets unterhalb des Ingelheimer Bismarckturms verabredet. Esther gehörte regelmäßig zu den Ersten, die eintrafen, Daniel zu den Letzten. „Wer da wieder alles noch was von mir wollte im Büro, du kannst es dir nicht vorstellen!“ Nein, das konnte Esther nicht. Sie kam seit Jahren nur noch vor die Tür, wenn ihre Kinder ihr Zeit dazu ließen. Alles drehte sich um Krabbelgruppen, Kinderturnen oder musikalische Früherziehung. Nur zweimal war sie in den vergangenen Jahren ganz allein durch Mainz gebummelt, während Jochen auf die Kinder aufgepasst hatte. Ansonsten verbrachte ihr Mann ebenso wie Daniel lange und anstrengende Tage im Büro. Wie sie das hasste: Er lebte für seinen Beruf, machte Karriere, bekam Bestätigung, verdiente das dicke Geld, aber sie hatte den Kindern zuliebe alles aufgegeben. Und ausgerechnet mit genau so einem Karrieretypen fühlte sie sich hier beim Lauftreff am wohlsten!

„Was ist, träumst du?“

Daniel stand erwartungsvoll vor Esther, die ihren Gedanken nachgehangen und gar nicht mitbekommen hatte, dass alle längst die Schuhe geschnürt hatten. Es konnte losgehen! Wie immer setzte sich eine Gruppe von jahrelang geübten Läufern schnell nach vorne ab, während die absoluten Anfänger nach hinten fielen und in langsamem Trott versuchten, die erste Steigung zu bewältigen. Esther und Daniel trabten locker in der Mitte nebeneinander.

„Meinst du, wir schaffen das noch bis Mai?", fragte Daniel.

„Ich hoffs doch!", japste Esther, denn der Lauftreff war gegründet worden, um gemeinsam innerhalb eines halben Jahres auf den Mainzer Gutenberg-Marathon hinzuarbeiten. Ob nun ein halber oder ein ganzer Marathon, das war egal, aber die erfolgreiche Teilnahme an der Massenveranstaltung in der Mainzer Innenstadt war das erklärte Ziel aller.

Esther war sich jetzt schon sicher, dass ihr ein Halbmarathon genügen würde. Sie musste sich ja nicht vollends verausgaben. Jochen zu Hause hatte, als er von der halben Distanz hörte, über seine Frau gelästert: „Das war ja klar, dass du kneifst. Und siehst du, das genau ist der Unterschied zwischen erfolgreichen Menschen und denen, die mit ihrem Leben nicht klarkommen. Top-Typen würden niemals mit halben Sachen anfangen!" Das hatte wehgetan, richtig weh. Esther hatte Daniel beim Laufen davon erzählt und leider hatte er Jochen auch noch verstanden. Er hatte sich die kompletten 42 Kilometer vorgenommen. „Was glaubst du, warum ich die ganze Strecke schaffen will? Etwa, weil mir das Spaß macht? Quatsch! Ich will den richtigen Kick: meinen Namen für alle lesbar auf der Finisher-Liste!"

Enttäuscht hatte Esther danach längere Zeit nichts mehr gesagt, aber Daniel hatte sie schnell wieder aufgemuntert. Er erzählte beim Laufen gern von seiner Familie: Seine Frau lebte wohl nur noch für die Kinder und war nach deren Geburt völlig auseinandergegangen. Sport interessierte sie überhaupt nicht. Stattdessen vertrödelte sie lethargisch ihre Zeit. „Außer wenn sie putzt!“, hatte Daniel gelacht. „Das ist ihr Sport, da ist sie in ihrem Element. Das solltest du mal sehen, die totale Putzwut!“

„Aber warum seid ihr dann noch zusammen?“

„Die Kinder, verstehst du? Außerdem haben wir keinen Ehevertrag, da kann ich auch gleich verheiratet bleiben. So kriege ich wenigstens noch die Hemden gebügelt und mein Essen gekocht. Ich bin so froh, dass du ganz anders bist!“

Das hatte Esther gutgetan. Als sportlich und ansehnlich hatte Jochen sie schon lange nicht mehr bezeichnet. Dabei hielt sie sich hier ja ganz gut, immer im Mittelfeld der Gruppe, sogar problemlos neben dem attraktiven und durchtrainierten Daniel!

„Und stell dir vor, sie hat tatsächlich gemeckert, dass der Lauf am Muttertags-Sonntag stattfindet“, hatte Daniel ihre Gedanken unterbrochen. „Ob das denn sein müsse, an so einem Tag. Dabei kriegt sie morgens ihre Halskette und die Pralinen, was will sie mehr?“

Esther hatte gelacht: „Siehst du, und ich hab mir das extra gewünscht: am Muttertag frei haben für den Lauf. Das schenke ich mir quasi selbst.“

Zwei Wochen später traute sich Esther tatsächlich, nun auch über ihre Ehe zu berichten. Auch ihr Jochen wurde ja mehr und mehr zum Stubenhocker: tagsüber im Büro, abends zu Hause vor der Glotze. Längst hatten sich erste Ringe um seine Hüften gebildet, die er früher niemals toleriert hätte, heute aber als „erste Altersbeschwerden“ abtat. Und schlimmer noch: Er warf Esther Schlankheitswahn vor, nur weil sie sich nicht mit diesen Ringen abfinden wollte. Übrigens auch nicht mit denen am eigenen Bauch, die aber sowieso eher vom Kinderkriegen zurückgeblieben waren als von zu wenig Bewegung. Daniel lachte laut bei der Beschreibung von Jochens Hüftregion. „Kenn ich, sitzt in allen Büros neben mir! Und zu Hause auch noch. Weißt du jetzt, warum ich unbedingt hier mitmachen musste?"

„Weg vom Speck, oder?", fragte Esther.

„Genau! Das ist es! Mann, ich bin richtig froh, dass du hier mitläufst. Guck dir die anderen doch bloß mal an: Lauter Spaßbremsen. Aber wir zwei, wir wollen nicht nur Erfolg haben und gleichzeitig was für die Gesundheit tun, sondern uns auch noch amüsieren dabei."

So hatte Esther ihre regelmäßigen Laufrunden bislang noch nicht betrachtet, aber es kam schon hin. Zufrieden trabte sie an Daniels Seite durch das Waldstück.

In der Woche danach fragte Daniel zum ersten Mal, ob Esther nicht Lust hätte, nach dem Training noch irgendwo etwas trinken zu gehen. „Einfach so, ganz locker", hatte er gesagt.

Sie hatte nicht sofort geantwortet, aber das Herz hatte ihr während des Laufens dauerhaft bis zum Hals geschlagen, obwohl das Tempo nicht sonderlich hoch gewesen war. Zurück auf dem Parkplatz entschied sie sich schließlich spontan zu einem Ja. Eilig fuhren Esther und Daniel in ihre Häuser, duschten schnell und erklärten den jeweiligen Ehepartnern, dass es noch eine Besprechung wegen des Marathons gebe, die sie nicht versäumen dürften.

Bald darauf saßen beide in einer Weinstube in der Binger Altstadt und ehe sie sichs versahen, waren beide beim zweiten Rotwein angelangt und schütteten sich gegenseitig schon wieder das Herz über die phlegmatischen Ehepartner zu Hause aus. „Haben wir eigentlich sonst kein Thema?“, kicherte Esther irgendwann.

„Ja, scheint fast so“, stimmte Daniel zu. „Dabei würde ich mit dir liebend gern ganz andere Dinge besprechen. Aber da siehst du mal, wie sehr dich dieser Alltags-Scheiß runterzieht. Da merkst du dann plötzlich auch, wie sehr dir die gute Zeit von früher fehlt, die Freiheit, die Lockerheit.“

„Und du weißt, dass es noch ewig so weitergehen wird. Unausweichlich. Bis dass der Tod uns scheidet“, ergänzte Esther.

Trübsinnig nickte Daniel und stierte in sein Weinglas. „Eigentlich ist das ja kontraproduktiv, dass wir hier sitzen und Alkohol trinken“, brummte er dann. „Aber ich genieße es gleichzeitig, mir mal alles von der Seele zu reden. Und mit dir zusammen geht es mir sowieso richtig gut. Beim Laufen und hier auch.“

Esther hatte das Gefühl, dass sie rot angelaufen war, aber als Daniel sie nachdenklich musterte, schien er nichts davon zu bemerken.

„Manchmal müsste man einfach eine zweite Chance bekommen!“, sagte er seufzend, bevor er die Rechnung für beide übernahm. Auf dem Weg zu Esthers Auto, er wollte sie im Dunkeln nicht allein laufen lassen, ergriff er wie beiläufig ihre Hand. Sie wollte sie zuerst verunsichert zurückziehen, aber dann genoss sie die Wärme, die aus Daniels großer Hand in ihre strömte.

Bei den Lauftreffs blieben sie nun ausschließlich bei sportlichen oder beruflichen Themen, aber einmal pro Woche trafen sich Daniel und Esther jetzt auch in der Weinstube und dort ging es mehr und mehr um den Alltag, das Unglück in der Ehe. Irgendwann fiel dann auch zum ersten Mal der Ausdruck „loswerden“ und in ihrer Wut über einen Streit mit Jochen war Esther hereingestürmt und hatte etwas von „umbringen“ geschnaubt. Diesmal hatte Daniel ganz offen am Tisch ihre Hand gehalten. Nach dem dritten Wein, keiner wusste, wie er noch anständig nach Hause fahren sollte, hatten sie die Köpfe zusammengesteckt und glucksend geplant, wie sie ihre Ehepartner am besten verschwinden lassen könnten.

„Die setzen wir gemeinsam in ein leckes Schlauchboot auf offener See!“

„Griechische Fähren sollen da ja noch zuverlässiger sein.“

„Ach was, da gibt es zu viele Ufer in der Nähe. Manipulierte Bremsen am Auto würden genügen.“

„Oder wir spendieren einen längeren Japan-Urlaub.“

„Kennst du keinen Auftragskiller? Dann müssen wir uns die Finger nicht schmutzig machen.“

Später, allein im Auto und durch die Kälte wieder relativ nüchtern und wach, waren Esther die Albernheiten noch einmal durch den Kopf gegangen. Eine Scheidung konnte auch sie sich nicht leisten. Sie hatte ja nichts. Nicht mehr. Früher, mit eigenem Job und eigenem Konto, da hatte sie sich freier gefühlt. Aber heute ... Und wirklich, in letzter Zeit ging Jochen ihr mehr und mehr auf die Nerven. Es kam wohl auch nicht von ungefähr, dass sie ohne großes Nachdenken zahllose Ideen hatte, wie sie sich von ihm befreien könnte. „Blödsinn!“, rief sie sich selbst zur Ordnung, bevor sie ihr Auto vor der vor einigen Jahren erworbenen Doppelhaushälfte parkte. „Daniel ist auch nicht besser, obendrein eine unbedachte Schwärmerei. Ich bin doch keine zwanzig mehr!“

Dennoch wartete Esther ungeduldig auf das nächste

Lauftraining. Verschwörerisch grinste sie Daniel an, der zurückzwinkerte. Beide lieferten an diesem Tag Höchstleistungen ab.

So ging es bis in den Mai: zweimal pro Woche gemeinsam laufen und Allgemeinplätze austauschen, einmal pro Woche danach Treffen in der Weinstube mit Händchenhalten und kurzem Glück. Sportlich steigerte sich Esther immer mehr und schob vormittags, wenn die Kinder für die wenigen Stunden endlich den Kindergarten besuchten, weitere Trainingseinheiten ein. Ihr Ehrgeiz war erwacht: Vielleicht schaffte sie die komplette Strecke ja doch noch? Daniel und die anderen Läufer ermutigten sie dazu, Jochen erwartete es beinahe.

Dann kam der Marathon-Sonntag. Jochen erklärte, er wolle das Spektakel am Fernseher verfolgen. „Allein mit zwei Kleinkindern in dem Rummel, vergiss es!“, hatte er gesagt.

Daniels Frau wollte die Kinder bei der Nachbarin abgeben und sich an die Strecke stellen. Irgendwo zwischen Südbahnhof und Malakoff Park würde sie winken.

Vor dem Start starb Esther schier vor Aufregung. Daniel hielt ihre Hände fest. „Du schaffst das!“, versuchte er sie zu beruhigen. „Ich bin ja bei dir.“

Plötzlich schlang Esther beide Arme um Daniel und gestand: „Das ist überhaupt das Beste am Laufen: dass du dabei bist!“

Mitten im Gedränge vor dem Start küssten sie sich nach einem halben Jahr zum ersten Mal in der Öffentlichkeit, aber Esther hatte nicht lange Gelegenheit, sich darüber zu wundern oder ihre Verwirrung zu beschreiben, weil der Startschuss fiel. Es dauerte noch einige Minuten, bis sie sich mit der Masse in Bewegung setzen konnten. Esther konnte kaum glauben, wie leicht heute alles ging. Mühelos hielt sie das angepeilte Tempo, Daniel immer an ihrer Seite. Sie hatte das Gefühl, unterwegs Dutzende Läufer zu überholen und selbst nur selten überholt zu werden. Als sie aus der Altstadt in Richtung Rheinufer abbogen, zischte Daniel auf einmal: „Da drüben, meine Frau!" und winkte vergleichsweise lustlos zu einer großen Frau mit langen blonden Haaren hinüber, die ihrerseits laut schrie und klatschte, um besonders diesen einen Läufer anzufeuern. „Das ist deine Frau?", fragte Esther wenige Schritte danach.

„Sage ich doch", gab Daniel zurück.

Esther glaubte kurzzeitig, ihr Kreislauf mache nicht mehr mit. Die Frau am Straßenrand hatte sie völlig irritiert, wie sie da einfach so am Straßenrand stand und Daniel zuwinkte. Ihrem Mann, Esthers heimlichem Traumprinzen.

„He, was ist? Willst du aufgeben?" Besorgt beugte sich Daniel nach vorn, um Esther besser ins Gesicht sehen zu können. „Hast du Probleme?"

Esther atmete ein paarmal bewusst durch, dann sagte sie: „Alles in Ordnung. Ich halte durch. Und ich gewinne!"

„Das werden wir sehen!", lachte Daniel fröhlich.

Sie lief die nächsten Kilometer wie in Trance, aber das musste nicht der Schrecken über Daniels real existierende Ehefrau gewesen sein, sondern vielleicht auch die Erschöpfung, die vor dem Hochgefühl kam, das Esther durchflutete, als sie Kilometer vierzig passierte. Endlich kamen die Glückshormone an, von denen immer alle berichteten! Sie fühlte sich leicht und beschwingt und hatte keinerlei Probleme, lächelnd mehrere Meter vor Daniel über die Ziellinie zu traben, während er direkt dahinter zusammensackte und von einem Sanitäter betreut werden musste. Immerhin, sie hatten beide ihr Ziel erreicht und den Marathon geschafft.

Jochen lag auf dem Sofa und schlief vor laufendem Fernseher, als Esther nach ihrem großen Erfolg nach Hause kam. Die Kinder hatten derweil eine Wand im Flur bekritzelt und sämtliche Süßigkeiten-Vorräte aus dem Schrank durchprobiert. Jochen brummte müde, als er geweckt wurde, und musste einräumen, dass er nicht viel von der Live-Übertragung des Rennens mitbekommen hatte. „Bist du denn angekommen?", fragte er.

„Natürlich."

„Na ja. Zwanzig Kilometer, wers braucht ..."

„Jochen, ich hab den Marathon gepackt! Die ganzen 42 Kilometer!"

„Ach so."

Und da er nun schon einmal wach war, schaltete er auf einen Sportkanal um, der die Formel 1 zu bieten hatte.

Heulend vor Enttäuschung verzog sich Esther ins Bad und duschte, bis der Warmwasserspeicher erschöpft war. Später löste sie das Durcheinander in Küche und Esszimmer auf und versuchte erfolglos, die Malereien im Flur von der Wand zu waschen. Am Ende übergab sich eines der Kinder auch noch mitten im Wohnzimmer, sodass Esther dort halbverdaute Zuckermassen vom Teppichboden kratzen musste.

Auch bei Daniels Frau schien sich die Begeisterung über den Zieleinlauf in Grenzen zu halten. „Sie hat zwar an der Strecke gestanden, aber die Zeit hat sie nicht die Bohne interessiert. Sie hat bloß gemeckert, dass sie schon wieder stinkende Sportsachen zu waschen hat."

Das konnte Esther nun allerdings nachvollziehen: Gebrauchte Funktionskleidung konnte man waschen, sooft man wollte, sie roch einfach.

Die Läufer trafen sich auch weiterhin zweimal in der Woche am Bismarckturm. Jetzt, wo die meisten wenigstens den Halbmarathon bewältigt hatten, wollten alle weitermachen. Es nagte zwar an Daniel, dass Esther ihn letztendlich abgehängt hatte, aber er ließ sich nichts anmerken. Immer häufiger erwähnte er, wie sehr ihn sein Zuhause nervte. Und schließlich griff er auch den Gedanken wieder auf, den sie im Winter schon gehabt hatten, als sie sich eines der ersten Male in „ihrer" Weinstube getroffen hatten: Man müsste beide Ehepartner einfach loswerden.

„Stell dir vor", sagte er eines Freitags zu Esther, „ich habe wirklich schon mal im Internet recherchiert, wie man Bremsschläuche am besten kappt."

„Ui, dann ist es ernst!", meinte sie. „Aber mir geht es ja nicht anders. Ich habe in letzter Zeit eine Menge über Vergiftungen gelesen und muss gestehen, es fasziniert mich sehr. Ich weiß nur nicht, wie ich das umsetzen soll, ohne in den Knast zu wandern."

Daniel senkte seinen Blick in den Rotwein und hielt Esthers Hand. Schweigend verbrachten sie die nächsten Minuten, bis Daniel plötzlich auffuhr: „Gegenseitig, das ist es!"

„Was?" Esther verstand gar nichts.

„Ganz einfach: Wir bringen unsere Partner einfach gegenseitig um die Ecke. Dann können wir gleichzeitig für ein perfektes Alibi sorgen."

Esther lächelte. „Nicht schlecht. Auch die emotionalen Zweifel wären dann kein Thema, weil wir ja jeder einen Unbekannten vor uns hätten."

„Einziger Haken an der Sache: Wir dürften uns dann länger nicht treffen, sonst zieht nachher noch jemand die falschen Schlüsse daraus."

„Vielleicht sollten wir auch schon beim Lauftreff ein bisschen auf Distanz gehen“, meinte Esther. „So schwierig das auch wird, aber du nur noch dienstags, ich nur noch freitags, was meinst du?“

Daniel nickte. „Sehr gut. Aber hier könnten wir uns freitags weiterhin treffen, hier kennt uns ja keiner.“

„Genau. Das bisschen Spaß dürfen wir uns ruhig weiterhin gönnen.“

„Wir könnten uns aber auch endlich mal in einem Hotel treffen“, schlug Daniel vor.

Esther spürte, wie ihr warm wurde. Daniel wollte einen Schritt weiter!

„In Alzey im Gewerbegebiet ist eins, ganz nah an der Autobahn, völlig anonym.“

„Ach, woher weißt du das denn so genau?“, wollte Esther wissen.

„Weil ich seit Monaten, wenn ich auf der A 61 daran vorbeifahre, davon träume, mit dir dort eine Nacht zu verbringen.“

Esther sagte nichts und hielt Daniels Hände fest. Sie wäre liebend gern sofort mit ihm in dieses Hotel gefahren, aber es ging ja nicht. Noch nicht. Wie es wohl wäre, mit ihm zusammenzuleben? Manchmal beschlich sie ein leiser Zweifel: Immerhin war Daniel ja offensichtlich genau so ein Karrieretyp wie Jochen. Vom Regen in die Traufe? Ach was, Daniel war anders! Er bemerkte sie wenigstens als Frau, das tat so gut. Schon allein dafür lohnte sich die ganze Heimlichtuerei.

„Meine Frau kann nicht schwimmen“, gab Daniel eines Abends zu bedenken, als sie wieder einmal Pläne schmiedeten.

„Das trifft sich gut“, lächelte Esther. „Unser Schuppen ist übrigens absolut solide gebaut, anderthalbstöckig mit offenem Dachstuhl und wunderbar dicken Balken.“

Daniel nickte und grinste. „Dann ist es also ausgemacht: nächsten Samstag."

Auch Esther nickte: „Nächsten Samstag. Die Kinder sind bei den Großeltern und ich fange an."

Diesmal küssten sie sich nicht einmal mehr, als sie auseinandergingen. Beide waren viel zu aufgeregt.

Am Samstag darauf fuhr Daniel ins Büro und achtete darauf, dass der Pförtner ihn bewusst registrierte. Das ausgiebige Gespräch über das drückende rheinhessische Sommerwetter erstaunte den Mann zwar, da dieser gelackte Bürohengst ihn noch kein einziges Mal wahrgenommen hatte, aber er bestätigte hinterher Daniels lückenloses Alibi.

Aus einer der letzten noch existierenden Telefonzellen rief er am Abend Esther an. Die lachte erleichtert und berichtete: „Ich habe deine Frau ans Rheinufer bestellt, dorthin, wo auch an so schönen Sommerabenden wie heute kaum Leute sind. Denn natürlich wollte sie hören, was ich ihr über unsere Affäre zu sagen hatte."

„Und jetzt?", fragte Daniel atemlos.

Esther lachte wieder: „Ich habe deine Frau in die Hosen machen sehen vor Angst. Köstlich! Was eine Spielzeugpistole ausrichten kann! Jedenfalls ist sie fast freiwillig in den Fluss gefallen, wo die Strömung am stärksten ist und wo schon öfter Schwimmer ertrunken sind. Ich hoffe, sie finden sie nicht vor Rotterdam wieder. Jetzt bist du dran!"

Daniel joggte in der mittsommerlichen Abenddämmerung am Rhein entlang zu Esthers Haus. Auf Höhe des Strandbades waren noch mehrere Leute unterwegs, aber als er seinen Weg Richtung Rheingewann einschlug, war er mutterseelenallein und gelangte von der Rückseite her bestens an das

Haus. Er sah den Mann seiner Freundin im Sessel hängen und starr geradeaus dorthin blicken, wo der Fernseher stehen musste. Esther war mit einer Freundin in die Spätvorstellung im Kino gegangen. Als es endlich völlig dunkel war, schlich Daniel sich ans Haus und klingelte. Jochen, für den Fernsehabend im Jogginganzug, öffnete die Tür einen Spaltbreit und fragte unwirsch: „Ja?"

Daniel hatte sich entschlossen, die gleiche Strategie anzuwenden wie Esther: „Guten Abend. Ich bin der Geliebte Ihrer Frau und würde Sie gern endlich mal kennenlernen."

„Hä?" Jochen stutzte.

„Nun lassen Sie mich schon rein oder soll mich etwa jeder hier sehen?"

„Äh, ja." Verdattert öffnete Jochen die Tür ganz und wies Daniel den Weg ins Wohnzimmer, wo die hundertste Chartshow der Saison über den Bildschirm flimmerte. Daniel ließ sich auf die Polster fallen. „Schöne Einrichtung. Na, Esther hat halt Geschmack", sagte er.

Jochen setzte sich wieder auf seinen Stammplatz in bester Ausrichtung zum Fernseher und stellte den Ton ab. „Wie kommen Sie dazu, zu behaupten, Sie hätten ein Verhältnis mit meiner Frau?", fragte er.

„Ich behaupte das nicht, ich habe es. Und wenn ich Sie hier so sehe, verstehe ich auch sofort, warum. Esther ist eine Klassefrau und Sie hocken sich hier den Hintern vor der Glotze breit. Klar, dass sie sich da irgendwann anders orientieren muss!"

„Raus hier!", schnaubte Jochen wütend.

„Aber wir haben doch gerade erst angefangen, uns kennenzulernen", säuselte Daniel und genoss die Situation ganz plötzlich sehr. „Wann waren Sie eigentlich das letzte Mal mit Ihrer Frau im Bett?", fragte er dann.

„Jeden Abend. Das geht Sie gar nichts an. Hauen Sie ab, bevor ich die Polizei rufe!“

„Jeden Abend, soso. Nacht, Schatz! Rumdrehen und einschlafen, was?“

„Ich sagte ...“

„Ich weiß. Aber warten Sie mal!“

Daniel griff in die Tasche seiner Laufjacke und zog einen kleinen Revolver hervor. Jochen hob sofort die Hände.

„Was soll das werden?“, fragte er. „Damit kommen Sie doch niemals durch, wenn Sie mich hier abknallen!“

„Stimmt! Deshalb gehen wir jetzt auch in die Küche und setzen uns schön an den Tisch. Esther hat dort schon heute Nachmittag Schreibpapier und Stifte bereitgelegt. Ich diktiere Ihnen den Abschiedsbrief und dann gehts weiter. Los, aufstehen!“

Jochen lief vor Daniel in die Küche. Der ließ zuerst den Rollladen herunter. „Es braucht uns ja nicht jeder gleich zu sehen“, meinte er. „So, und nun schreiben Sie mal!“

„Hören Sie auf mit dem Blödsinn! Wollen Sie Geld? Ich hab einen guten Job, ich könnte was von der Bank holen.“

Daniel schüttelte den Kopf: „Nicht nötig. Esther erbt das sowieso alles und ich kriege Esther samt dem ganzen Geld. Ist doch viel praktischer so!“

Jochen begriff ganz langsam den Ernst der Lage und begann zu schwitzen. Natürlich war der Jogginganzug eigentlich auch viel zu warm für einen Sommerabend. Was hatte dieser Typ vor? Wollte der ihn mit dieser winzigen Damen-Waffe wirklich erschießen?

„Geliebte Esther“, begann Daniel zu diktieren.

„Was?“

„Nun schreib schon, du Hänger!“, regte sich Daniel auf und fuchtelte mit der Pistole vor Jochens Nase herum. Jochen notierte wie befohlen, dass er nicht mehr könne, dass er sie aber alle sehr liebe, dass sie ihm nicht böse sein sollten, dass ihn aber der Alltag auffresse und er keinen anderen Ausweg mehr sehe.

„Welchen Ausweg?“, fragte er.

Daniel warf den Kopf in den Nacken und stöhnte: „Eben keinen Ausweg, du Flachpfeife! Los, schreib irgendwas drunter, was du immer schreibst, dein Hasenbärchen, was weiß ich!“

„Ich schreibe Esther nicht.“

„Dann erfind was, du Depp!“

Jochen schrieb in seiner Verzweiflung „Dein dich liebender Ehemann“ und legte den Kugelschreiber ab. Daniel überflog den Text noch einmal und grinste: „Okay! So dachte ich mir das. Dann lass uns mal gehen!“

„Gehen? Wohin?“

„Wir gehen jetzt schön unauffällig durch den Garten in den Schuppen.“

„Wollen Sie mich dort erschießen?“, fragte Jochen und riss die Augen auf.

„Nicht fragen, gehen!“, kommandierte Daniel und drückte seinem Kontrahenten die Waffe zwischen die Rippen. Er wusste, dass im Schuppen gleich rechts auf dem Regal in Augenhöhe das dicke Abschleppseil lag. Er zischte: „Stehen bleiben, an die Wand gucken und nicht bewegen!“, streifte sich die in der anderen Tasche der Laufjacke mitgebrachten Latex-Handschuhe über und griff nach dem Seil. Er warf es über den mittleren Querbalken der Dachkonstruktion. Wie man einen Henkersknoten band, hatte er mühelos auf Wikipedia herausgefunden und die ganze Woche über heimlich geübt, sodass jetzt alles schnell und bestens gelang. Jochen stand mit dem Kopf zur Schuppenwand und zitterte bedrohlich.

„Wenn du mir umkippst, bevor wir diesen Spaß hier durchgezogen haben, muss ich dich doch noch erschießen!“, brummte Daniel und stellte einen Hocker unter die wirklich filmreif schön geknüpfte Schlaufe. „Komm her und stell dich auf den Stuhl!“, befahl er dann.

Jochen drehte sich um und wurde noch blasser, als er ohnehin schon war. „Das können Sie nicht machen!“, bettelte er. „Was habe ich Ihnen getan?“

„Mir? Nichts. Aber Sie langweilen Ihre Frau. Und ich will kein Geld dafür ausgeben, mit Esther ins Hotel zu gehen, wo sie doch so ein schönes Zuhause hat. Ich mein, das Schlafzimmer werden wir bestimmt noch umgestalten, damit wieder Pep da rein kommt, aber das sind Peanuts.“

Jochen traute sich nicht, den Kopf zu bewegen, als Daniel ihm das Seil überstreifte.

„Los jetzt, aufsteigen, oder ich schieße doch noch!“

Jochen stand mit gesenktem Kopf vor dem Hocker. Kaum hörbar floss und tropfte sein Urin im linken Hosenbein nach unten, der Stoff färbte sich langsam dunkel.

„Ich fass es nicht! Jetzt pisst der auch noch! Mann, aufsteigen, bevor ich abdrücke!“

„Aber ich habe Kinder!“

„Ich auch! Los, rauf da!“

Schließlich resignierte Jochen und stieg umständlich auf den wackligen Hocker. Dann aber konnte er sich aufrichten, wobei Daniel das Seil straff zog und an einem seitlichen Balken festknotete. „Noch ein letzter Wunsch?“, fragte er grinsend, aber Jochen konnte nicht mehr antworten, denn beinahe im selben Moment verlor er das Gleichgewicht und fiel vom Hocker. Es knackte kurz und deutlich, als ihm das Genick brach. Daniel sah nicht mehr hin, sondern nahm den Revolver, den er zwischenzeitlich auf einen alten Blumenkasten gelegt hatte, und steckte ihn zurück in die Laufjacke. Er löschte das Licht im Schuppen und bemerkte erst auf dem Rückweg, wie praktisch es doch war, dass nicht nur der Boden im Schuppen, sondern auch der Weg vom Haus dahin gepflastert war und es keinerlei Fußabdrücke geben würde. In der Küche nahm er den Abschiedsbrief mit einem Geschirrtuch auf und legte ihn dekorativ mitten in die Diele. Seine Fingerabdrücke konnte man ruhig finden, nur eben nicht an Dingen, die mit Jochens Tod zusammenhingen, hatte er sich überlegt. Dabei waren sie ja sowieso noch nicht registriert. Aber falls man doch irgendwie auf ihn kommen sollte, wollte er schon ein wenig Sicherheit. Er atmete tief durch und streckte sich ausgiebig, bevor er aus dem Haus schlüpfte und in der Dunkelheit wieder in Richtung Rheinufer verschwand. Bevor er zum Duschen nach Hause lief, warf Daniel einige Münzen in den Schlitz des öffentlichen Telefons am Strandbad. „Darling, es ist alles erledigt. Er hängt im Schuppen, falls du ihn suchst. Dein Alibi ist doch hoffentlich perfekt?"

„O ja", kicherte Esther in ihr Handy. „Ich war in Mainz im Kino, danach in der Altstadt noch in einer Weinstube und jetzt machen wir uns auf den Heimweg. Ich liebe dich, ich danke dir!" Und damit unterbrach sie die Verbindung.

Erst weit nach Mitternacht kehrte Esther heim und da sie gemeinsam noch einen Absacker trinken wollten, hatte sie ihre Freundin Steffi überredet, sie zu begleiten. Als sie die Haustür öffneten, fanden sie einen Brief auf dem Fußboden. Esther bückte sich nach dem Papier und las: „Nein, was für ein Blödsinn! Das hat er sich bestimmt komplett selbst ausgedacht", sagte sie und reichte ihrer Freundin das Blatt. „Dann wollen wir mal gucken, ob wir ihn finden", meinte die bloß. Draußen im Garten, noch bevor sie die Schuppentür ganz geöffnet hatten, fragte Esther: „Hast du dein Handy an?“ Die andere nickte stumm. Dann machten sie Licht in der Hütte und betrachteten sich den baumelnden Jochen. „Okay, ich ruf dann mal die Polizei an.“

„Mach das, Steffi! Ich lasse mir so lange einfallen, wie ich möglichst mitgenommen aussehe, bis die Kripo kommt.“

Als die Mainzer Kriminalpolizei vor Ort war, wunderte man sich über den völlig überraschten Gesichtsausdruck, den Jochen auch im Tod noch zeigte. „Als wäre er erstaunt darüber, dass der Hocker tatsächlich umkippen konnte“, sagte eine Frau, die sich Esther und Steffi als Hauptkommissarin vorgestellt hatte. Man stellte den beiden eine Menge Fragen, aber mit Rücksicht auf den eben erlittenen Verlust wurde vereinbart, das Gespräch am Folgetag fortzusetzen. Erst spät zogen auch die Leute von der Spurensicherung ab. So konnte Esther Daniel erst jetzt anrufen. „Gib mir mal dein Handy, das ist sicherer“, sagte sie zu Steffi.

„Es hat alles geklappt, du hast ganze Arbeit geleistet. Können wir uns treffen?“, fragte sie in das Telefon. Daniel wollte sich natürlich gern treffen, jetzt, wo die Bahn frei war. Obwohl sie vorerst noch heimlich zu Werke gehen mussten. „In einer halben Stunde am Bismarckturm. Ganz oben drauf. Bis gleich, ich freu mich!“

„Was willst du um diese Zeit im dunklen Wald? Noch dazu oben auf dem zugigen Turm? Der ist doch eh zu um diese Uhrzeit.“ Daniel hatte sich eindeutig ein lauschigeres Fleckchen zum Treffen erhofft.

„Daniel, ich hab den Schlüssel. Und frag bloß nicht, woher! Nun jammer nicht! Wir haben eine laue Sommernacht und der Schampus ist gekühlt.“

Also stimmte er zu und Esther beendete das Telefonat.

„Los gehts!“, sagte sie zu Steffi. Die Frauen stiegen in

Steffis Auto und fuhren aus der Stadt hinaus und auf die Anhöhe, von der aus man prospektreif über Ingelheim und die Rheinebene sehen konnte. Selbst nachts, denn Tausende Lichter erhellten das Tal. Das Schloss an der alten Tür ließ sich ganz leicht knacken. Flüsternd und kichernd stiegen die Freundinnen die zahlreichen Stufen im Turm nach oben und warteten auf Daniel.

Zuerst tauchte nur sein Kopf aus der Wendeltreppe auf der Plattform des Turms auf. Er blickte auf vier Schuhe statt der erwarteten zwei, stieg schnell drei weitere Stufen hoch und wäre fast gestolpert, als er sah, zu wem die Beine gehörten: „Steffi? Aber das kann doch gar nicht ...!" und vor Schreck taumelnd und nach Luft schnappend musste Daniel sich am Geländer festklammern. „Du bist doch ... Du lebst?", fragte er.

Doch Männer wie Daniel bekamen sich schnell wieder in den Griff, stellten beide Frauen fest. Offensichtlich wollte er das Beste aus der Situation machen: „Na so was! Da freue ich mich aber, dass es dir gut geht."

„Heuchler!", zischte Steffi.

„Nein nein, ich bin ja so froh! Aber so ein Zufall, euch beide hier zu sehen! Steffi, also das hier ist Esther, die ist auch beim Lauftreff."

„Ich weiß."

Nun dämmerte es Daniel, dass das Zusammentreffen beileibe kein Zufall war: „Ihr kennt euch?"

Steffi lachte. „Das hättest du nicht erwartet, nehme ich an. Macht nichts. Ich bin auch nur hier, um dich davon zu überzeugen, dass es das Einfachste ist, wenn du freiwillig springst."

„Springst?" Daniel verstand gar nichts.

„Na, von hier oben nach da unten, mein Lieber!"

„Esther, kannst du mir das erklären?“, fragte Daniel.

„Ich kann, aber Lust habe ich dazu eigentlich nicht. Steffi hat schon recht: Spring einfach, dann hast du all deine Probleme gelöst!“

Mit diesen Worten zog sie ihre Pistole aus der Handtasche und hielt sie Daniel auf die Brust. „Wenn du jetzt nicht springst, verbringst du dein Leben hinter Gittern, und das willst du doch bestimmt auch nicht. Überleg mal, was die anderen von dir denken, wenn du als Mörder eingebuchtet wirst! Da ist ein Freitod wegen einer unglücklichen Liebe oder so viel edler.“

Daniels Stirn zerfurchte sich immer tiefer. „Wieso sollte ich als Mörder festgenommen werden?“

Steffi grinste: „Okay, er wills nicht anders! Dann bekommst du halt doch alles zu hören, bevor du den Abflug machst. Esther, fängst du an?“

Esther begann beim ersten Termin des Lauftreffs: „Ich habe gleich gewusst, dass du ein ganz besonderer Mann bist, und ich war sofort ein bisschen verliebt in dich.“

Daniel lächelte, doch Esthers Gesicht blieb hart. „Unsere Pläne waren wirklich ausgereift. Es hätte auch durchaus etwas mit uns werden können, bis dann der Mainz-Marathon kam. Als du mir zugeraunt hast, dass deine Frau am Straßenrand steht, und ich sie gesehen habe, ist mir plötzlich abwechselnd heiß und kalt geworden, mein Kreislauf hat durchgedreht, ich wäre beinahe umgefallen. Vielleicht erinnerst du dich. Du hattest nie zuvor den Namen deiner Frau genannt. Und nun hatte ich sie gesehen: Die Frau am Straßenrand war eindeutig Steffi gewesen, meine beste Freundin aus der Schulzeit, die ich seit Jahren völlig aus den Augen verloren hatte. Steffi, die wild entschlossen gleich nach dem

Abi völlig allein eine Weltreise mit dem Rucksack angetreten hatte. Damals konnte man noch nicht aus jeder Buschhütte Mails verschicken und so hatte ich, mittlerweile zum Studium nach Berlin gezogen, nicht mehr mitbekommen, was aus Steffi geworden war. Zu den Klassentreffen war ich sowieso nie gegangen: Anfangs hatte ich keine Lust gehabt, später kamen erst der Beruf, dann die Kinder dazwischen. Und nun stand Steffi einfach so am Straßenrand und winkte ihrem Mann. Meinem Daniel."

Daniel wollte etwas sagen, doch Steffi bremste ihn rüde mit einem Stoß vor die Brust. „Ruhe! Jedenfalls hat Esther danach Kontakt zu mir aufgenommen. Da erst habe ich erfahren, dass ich einen Putzfimmel habe, völlig unansehnlich bin und als brütende Glucke zu Hause hocke und mir ein feines Leben auf deine Kosten mache. Du Schwein, du! Und dass ich nach den Kindern etwas mehr auf den Hüften habe, das ist leider die Folge von zweimal fünf Minuten Sex, bei dem auch nur du deinen Spaß hattest. Zum Glück waren Esther und ich uns sehr schnell einig, dass nicht die Nicht-Läufer in unseren Ehen das Problem waren, sondern schlicht und einfach die beiden Männer. So waren wir heute", sie blickte auf die Uhr, „nein, gestern, gemütlich am Rheinufer spazieren. Das hättest du wohl gern gehabt, dass Esther mich in den Fluss schubst! Aber wie zielsicher du Jochen umgebracht hast, Kompliment! Und genau deshalb springst du jetzt bitte da runter!"

Daniel schnaubte vor Wut. Er war hintergangen worden! „Gar nichts werde ich tun!", brüllte er wütend. Doch der Lauf der Pistole, der sich wieder hart gegen sein Brustbein drückte, ließ ihn verstummen. Flach atmend fragte er: „Ist das deine Waffe, Esther?"

„Du meinst die Spielzeugpistole, mit der ich angeblich

Steffi bedroht habe? Ich bin doch nicht blöd! Die hier ist echt. Willst du einen Beweis? Dann könntest du aber vielleicht nicht mehr springen und das wäre maßlos schade."

„Spinnt ihr total? Was wollt ihr eigentlich?"

„Nichts weiter als deinen Tod. Als verspätetes Muttertagsgeschenk sozusagen. Und nun mach endlich!" Steffi klatschte mit der flachen Hand auf die glatte Kante des Turms, wie um Daniel anzulocken.

„Ich gehe jetzt!"

„Du gehst, aber bitte von uns. Im Fluge!" Steffi blieb hart.

Daniel auch und so mussten die beiden Frauen sich dann doch mit einem eiligen Blick abstimmen, sich blitzschnell ducken, Daniel an den Beinen packen und über die Brüstung schieben.

Im Hinabstürzen schrie Daniel noch wie ein Stier, doch kurz vor dem Aufprall am Fuß des Turms wurde er still, sodass man nur den dumpfen Schlag hörte, mit dem sein Körper auf den Boden donnerte.

In Daniels privatem Computer fand man später mehrere Dateien, die auf schwere Störungen der Persönlichkeit hindeuteten. Das Fragment eines Abschiedsbriefes fand man ebenfalls: Er habe nicht mehr damit leben können, dass er sich in die beste Freundin seiner Frau verliebt habe und nun deren Mann nach dem Leben trachte, der obendrein auch sein bester Freund sei. Falls man ihn, Daniel, tot auffinden solle, habe er vorher Jochen ermordet. Dieser sei im Gartenhaus auf seinem Grundstück zu finden, dort, wo sie beide manchen Abend mit einem guten Wein verbracht hätten.

Dazu passten die Aussagen der beiden Witwen: Die Männer waren jahrelang beste Freunde gewesen, die Frauen sowieso schon seit der Schulzeit eng befreundet. Beide hatten sich nichts dabei gedacht, als Daniel und Jochen nach längerer Zeit mal wieder einen getrennten „Männerabend“ beziehungsweise „Frauenabend“ vorgeschlagen hatten. Dass solch dramatische Dinge geschehen würden, hatte keine der Frauen jemals für möglich gehalten, denn keine von ihnen hatte auch nur im Entferntesten geahnt, dass Daniel eine unerfüllte Liebe zu Esther hegte, die diese ohnehin nicht erwiderte.

Beide Lebensversicherungen wurden zeitnah ausbezahlt.

Einmal im Jahr

Einmal im Jahr trafen sich die Schwestern Ludovika, Genoveva und Irmintrude. Einmal im Jahr, nur für ein Wochenende, ganz ohne Anhang. Das hatten die drei all die Jahre durchgehalten und nicht bereut. Anfangs trafen sie sich bei Ludovika, die mit ihrem Mann im Elternhaus in der Binger Oberstadt geblieben war, einer alten Villa mit verwunschenem Garten und Blick auf Rhein und Niederwalddenkmal.

Ihre Eltern waren streng katholisch gewesen, weshalb es für keine der drei Töchter infrage gekommen war, einen Protestanten zu heiraten. Irmi als die Jüngste hatte es versucht, aber das war ihr schnell ausgeredet worden, damals vor vierzig Jahren. So hatte sie sich den schmucken blonden Rheinschiffer aus dem Kopf schlagen müssen und den Erwin aus Vaters Weinbruderschaft bekommen, der gerade dabei war, den umsatzstarken Weinhandel seiner Vorfahren in Köln zu übernehmen.

Ludos Richard gehörte der Weinbruderschaft ebenfalls an. Außerdem war er nach wenigen Jahren schon Kompagnon in Vaters Anwaltskanzlei geworden, was ihn in dessen Augen endgültig dazu berechtigte, mit Ludo in der Villa auf dem Berg zu residieren.

Angesichts der Scherereien, die die Eltern mit Irmi und ihrem Matrosen gehabt hatten, hatte Geno gehofft, man werde sie bei der Vergabe einfach vergessen und sie brauche nicht zu heiraten, wenn sie schon nicht selbst aussuchen dürfe. Aber natürlich wurde auch für die mittlere der drei Töchter ein gläubiger und anständiger Gatte gefunden, der Frankfurter Apotheker Distelkorn. Dass er ein Bein nachzog, bereits verwitwet und Vater zweier Kinder war, machte ihn für Genos Eltern nicht weniger interessant.

Einmal im Jahr trafen sich also Ludovika, Genoveva und Irmintrude. Meistens hatten sie sich einfach für zwei Nächte in einem kleinen Hotel auf der anderen Rheinseite, drüben in Rüdesheim, eingemietet. Sie mussten ja nicht weit weg von zu Hause, nur weit genug, um unter sich zu bleiben. Manchmal waren zwei der Schwestern auch weiter gereist, um die dritte zu besuchen, die gerade zur Kur weilte. Oder aber man hatte sich, da die Bildung der Damen ja schließlich auch den Gatten am Herzen lag, am Rande einer wichtigen Kunstausstellung getroffen, diese schnell durchlaufen und danach anderthalb Tage im Schwesternkreis genossen.

Ludo konnte immer weg. In der kinderlosen Ehe mit Hauspersonal fiel es Richard hinter seiner Tageszeitung nicht einmal auf, wenn sie ihm für ein, zwei Tage nicht am Esstisch gegenübersaß.

Das war bei Geno schon anders: Zu den zwei Kindern des Apothekers hatte sie zwei weitere bekommen, sodass sie in den ersten Jahren oft heftigen Streit mit ihrem Mann bekam, wenn sie für das eine Wochenende im Jahr verschwinden wollte.

Irmis Sohn war pflegeleicht gewesen und hatte sich auch von der Schwiegermutter hüten lassen. Sie konnte sich meist irgendwie freimachen zu den Treffen, selbst wenn sie dafür beißende Kommentare von Erwins Mutter zu hören bekam.

Sie trafen sich einmal im Jahr. Diesmal wieder in Rüdesheim. Ludos Fünfundsechzigster musste geplant werden, denn nur zu solch denkwürdigen Festen konnten die Schwestern sich nochmals im Jahr treffen. Abgestiegen waren sie wie seit fast 35 Jahren in der altehrwürdigen Pension Schiffer am Rheinufer. Alle drei waren heilfroh, dass sich nach Gottlob Schiffer und seiner Tochter Rosalinde nun auch Marthe, die Enkelin, entschlossen hatte, die Pension weiterzuführen. Marthe servierte den Schwestern Sekt, als sie sich im März an einem grau verhangenen Tag zur Mittagszeit am hintersten Tisch direkt am Fenster trafen.

„Aber Marthe!", rief Geno aufgeregt. „Willst du uns betrunken machen?"

„Ach was!", lachte Marthe und stellte die Gläser ab. „Ein Willkommensschlückchen, meine Damen. Schließlich haltet ihr uns schon so lange die Treue. Auf euer Wohl!"

Die Schwestern kicherten und nippten am Sekt. Marthe goss nach. Bereits am frühen Nachmittag füllten die drei Damen den trüben Nachmittag mit ihren Lebensgeschichten. Nach dem Abendbrot, das Marthe mit am Tisch der Schwestern eingenommen hatte, fragte sie: „Aber was ich nun gar nicht verstehe: Wenn ihr doch alle drei nicht aus Liebe geheiratet habt, warum seid ihr schon so lange mit diesem Männern zusammen?"

„Wir sind katholisch!"

„Eine Scheidung würde meinen Ruf ruinieren!"

„Andererseits bin ich ja auch finanziell bestens versorgt."

Kopfschüttelnd faltete die Wirtin die Ecken ihrer Serviette zu kleinen Dreiecken. Dann hob sie den Kopf und sagte: „Aber jetzt, wo Ludo fünfundsechzig wird, da solltet ihr endlich was ändern!"

„Wie meinst du das?", fragte Irmi mit gerunzelter Stirn.

„Na, so, wie ichs sage. Zwanzig Jahre habt ihr bestimmt noch, vielleicht auch dreißig oder mehr, aber eure Männer doch auch. Nehmt euer Leben endlich selbst in die Hand und macht, was ihr wollt. Lange genug habt ihr brav getan, was von euch erwartet wurde!"

In Genos Augen blitzte es plötzlich auf: „Ja, ich hab ja immer gedacht, dass mein Apotheker früh genug das Zeitliche segnen würde, sodass mir noch ein paar Jährchen bleiben. Immerhin ist er Choleriker mit Bluthochdruck. Aber den Gefallen will er mir einfach nicht tun."

Irmi setzte ihr Rieslingglas, das dritte bereits, ab und kicherte: „Nachhelfen müsste man, wie im Roman!"

Ludo hob ihre linke Augenbraue und brummte: „Mädels, wenn euch einer hört!"

„Ach, wenn ich noch mal jung sein könnte!", rief Irmi. „Ich würde mich glatt auf die Suche nach dem schönen Matrosen von damals machen!"

„Das kannst du auch heute noch tun", meinte Marthe. „Übers Internet kriegst du doch von fast jedem raus, wo er abgeblieben ist."

„Nur das nicht!", schimpfte Ludo lachend. „Erinnert euch daran, was das für ein Drama war, damals! Die Jüngste vom Herrn Advokaten will mit einem protestantischen Flussschiffer durchbrennen, hieß es da. Unsere Eltern haben sich fast zu Tode geschämt und schon deshalb ganz schnell den guten Erwin aus dem Hut gezaubert."

„Und bei dem bist du all die Jahre geblieben?", staunte Marthe.

„Was blieb mir denn übrig?", seufzte Irmi.

„Na, durchbrennen und den Matrosen finden!"

„Ach, aber nicht zu den damaligen Zeiten. Heute, ja, da würden die jungen Mädchen so was machen!"

„Und was hält dich davon ab, es noch mal zu versuchen?"

„Nun stell dir das doch bloß mal vor: Am blonden Hermann sind ja sicher auch die Jahre nicht spurlos vorübergegangen. Der wohnt vielleicht längst im Pflegeheim und schiebt einen Rollator vor sich her. Nein, da kann ich auch beim Erwin bleiben!"

„Oder dir Hermanns jüngeren Bruder anlachen!", riet Marthe grinsend.

„Zugegeben, reizen würds mich ja ..."

„Na also! Wartet mal eben, ich hole mein Laptop her, dann gucken wir gleich!" Marthe stand auf, lief um die Theke herum und verschwand im Gang dahinter.

Einmal im Jahr trafen sich Ludovika, Genoveva und Irmintrude. So viel gelacht wie in diesem Jahr hatten sie schon lange nicht. Und so viele Zukunftspläne geschmiedet auch nicht. Das lag eindeutig an Marthe, der jungen Wirtin, die in Windeseile den blonden Hermann ausfindig gemacht hatte: Mittlerweile war aus dem Matrosen von damals ein stattlicher Kapitän geworden. Obwohl er annähernd das Rentenalter erreicht hatte, fuhr er noch zur See. Und zwar so richtig: Hermann war Kapitän der MS Atlantis, eines riesigen Kreuzfahrtschiffes einer deutschen Reederei.

„Er sieht immer noch gut aus!", stellte Irmi fest, als die vier Frauen gebannt auf den Bildschirm von Marthes Laptop starrten.

„Da siehst du mal, was du verpasst hast, weil du damals nicht mit ihm durchgebrannt bist!", bemerkte Geno. „Also, ich an deiner Stelle, ich wäre ja ..."

„Nichts wärst du!", entrüstete sich Irmi. „Du hast auch ohne größeren Protest den Distelkorn genommen, den sie dir vorgesetzt haben!"

„Hast ja recht."

Ludo war still gewesen während der letzten Minuten. Immer wieder aufs Neue musterte sie eingehend das Bild des Kapitäns. Dann fragte sie: „Irmi, wann hast du eigentlich den Erwin geheiratet?"

„Genau sechs Wochen, nachdem die Eltern den Hermann

bei seinem ersten und einzigen Besuch bei uns zu Hause vor die Tür gesetzt hatten."

„So schnell?", staunte Marthe.

„Jetzt wird mir das alles auch erst richtig klar", sagte Ludo leise und sah ihre jüngste Schwester an. „Dein Sohn ist Hermann wie aus dem Gesicht geschnitten!"

Irmi schüttelte den Kopf: „Der kam als Frühchen auf die Welt, das wisst ihr doch."

Nun warf auch Geno noch einen Blick auf den Bildschirm: „Und ich habe mich seinerzeit gefragt, warum alle so ein Gewese darum machen, dass du eine Frühgeburt hattest, wo das Kerlchen doch trotzdem ein satter Sechspfünder war."

Irmi knetete unter dem Tisch ihre Hände und sagte leise: „Aber der Erwin weiß bis heute nichts davon, und das soll auch so bleiben."

„Und deinem Sohn willst du seinen richtigen Vater vorenthalten?", fragte Marthe.

„Die beiden verstehen sich bestens. Warum sollte ich also einen Keil zwischen sie treiben?"

„Aber den Hermann, den werdet ihr euch trotzdem ansehen!", beschloss die Wirtin.

Ludovika, Genoveva und Irmintrude trafen sich immer einmal im Jahr. Nur in diesem Jahr war das anders: Sie hatten eine weitere Verabredung für den Herbst, zu Ludos Fünfundsechzigstem. Den würden sie gemeinsam auf der MS Atlantis verbringen: Einmal Hamburg, Madeira, Gibraltar, Genua.

Einmal im Jahr fuhr der angesehene ehemalige Rechtsanwalt Dr. Richard Bechtolsheimer aus Bingen mit seiner Gattin zum Wandern in die Alpen. Er liebte die einsamen Täler, in denen sich winters die Massen zum Skifahren drängten, in denen einem im Sommer aber nur dann und wann einmal ein anderer Wanderer begegnete. So fiel es auch nicht auf, als seine Gattin ihm an einer geeigneten Stelle einen kräftigen Schubser gab und er erst zweihundert Meter tiefer mit zerschmetterten Knochen am Fuße einer Geröllhalde liegen blieb. Völlig panisch war die arme Frau Bechtolsheimer eine Stunde später in der nächsten Berghütte erschienen und hatte atemlos um Hilfe gebeten: Ihr Mann sei beim grandiosen Rundblick über das Tal abgerutscht und liege nun weiß Gott wo da unten, man müsse ihm helfen, die Bergwacht müsse ganz schnell und er habe doch Asthma und wenn sie doch nur ein Handy und ach und ach und ach.

Die völlig verzweifelte Frau wurde mit mehreren Enzianschnäpsen ruhiggestellt, während der Hüttenwirt sich mit zwei seiner Söhne auf die Suche nach dem verunglückten Urlauber machte. Doch Bechtolsheimer war nicht mehr zu helfen gewesen: Nachdem die Bergwacht sich bis zu seinem geschundenen Körper abgeseilt hatte, war klar, dass er den Sturz höchstens wenige Minuten überlebt haben konnte. Jegliche Hilfe wäre zu spät gekommen. Der Tourismusverein schilderte den Wanderweg daraufhin neu aus, von gelber („aussichtsreich") zu roter („anspruchsvoll") Markierung.

Einmal im Jahr klagte der Apotheker Distelkorn dermaßen über seine Gicht, dass seine Gattin ihm eine Kur empfahl. Diesmal hatte er tatsächlich zugesagt und war bereit, im Sommer drei Wochen im Allgäu zu verbringen. Für die Apotheke hatte er einen jungen Kollegen gefunden, der begeistert die Vertretung übernahm. Am Vorabend seiner Abreise in die Kur nahm Distelkorn ein Wannenbad, wie jeden

Freitag. Diesmal verwöhnte ihn seine Gattin mit einem Tee aus der eigenen Apotheke, einer Kräutermischung gegen Gicht. Verwundert ob der ungewohnten Fürsorge, schlürfte Distelkorn seinen Tee, genoss das warme Wasser und wurde immer schläfriger. Die sieben im Tee gelösten Schlaftabletten hatte er nicht bemerkt. Dass kurz darauf das Wasser abgelassen und durch eine ätzende Flüssigkeit ersetzt wurde, fiel ihm ebenfalls nicht mehr auf. Auch, dass immer wieder abgelassen, nachgegossen und umgerührt wurde, um die Zersetzung zu beschleunigen, entging ihm natürlich. Aber dem Abwasserwerk entging ja auch die erstaunliche Menge an Salzsäure, die, verdünnt durch enorm viel Wasser, immer mal wieder durch das Frankfurter Abwassernetz floss.
Nur der Kurklinik entging nicht, dass der Patient Distelkorn nicht erschien. Doch der hatte sich ja auch telefonisch höchstpersönlich abgemeldet, glaubte jedenfalls die junge Dame an der Rezeption.

Einmal im Jahr fuhr der Kölner Weinhändler Erwin Unkerath nach Spanien, um dort Rotweine aller Art zu verkosten und zu bestellen. Diesmal hatte er die Fahrt gestrichen, weil wegen der Wirtschaftskrise sowieso die einheimischen, erschwinglicheren Weine besser gingen. An einem lauen Sommerabend genoss er einen selten guten Dornfelder aus dem Barrique, ein Gewächs aus Rheinhessen, der Heimat seiner Frau und zeitweise auch seiner eigenen, als er in jungen Jahren eine Ausbildung zwischen Rhein und Nahe gemacht hatte. „Ich verstehe ja immer noch nicht, warum du nicht mal kosten willst!", sagte er zu seiner Frau, die sich, man stelle sich das vor, wirklich und wahrhaftig ein alkoholfreies Kölsch eingeschenkt hatte. Später am Abend ärgerte sich Unkerath dann ganz plötzlich, dass er den Wein getrunken hatte. Eigentlich nicht den Wein, sondern den Sud aus Tabak, den seine Gattin beigefügt hatte. Die Nacht überlebte er nicht und seine Körperteile landeten, im Gartenhäcksler fein geschreddert, nach und nach in einem Wildschweingehege, über dessen Zaun man auch spät abends noch gut die eine oder andere Portion für die netten Tiere werfen konnte. Unkeraths Auto war mit monströsem Blubbern in einem nahen Baggersee geflutet worden und wurde nie gefunden. Den Gartenhäcksler und eine alte Plastikwanne nahm alsbald die Kölner Sperrmüllabfuhr mit, während die ratlose Frau Unkerath, bedauert von sämtlichen Freunden und Bekannten, noch immer darauf wartete, dass ihr Gatte endlich aus Spanien zurückkehren möge, denn wie in jedem Jahr sei er schon vor vierzehn Tagen aufgebrochen, habe aber leider sein Handy vergessen, weshalb sie nun überhaupt keinen Kontakt zu ihm aufnehmen könne. Schließlich reise er schon immer spontan durch die Gegend. Hoffentlich sei ihm nur nichts passiert!

Zweimal trafen sich in diesem Jahr Ludovika, Genoveva und Irmintrude. Das majestätische Schiff ragte hoch über die meisten Häuser der Hansestadt hinaus und wie in einem Bienenstock schwirrten aufgeregte Wesen hinein und hinaus, räumten, schleppten, summten und flatterten. Getrennt waren die Schwestern aus ihren Heimatstädten angereist, um sich erst in der geräumigen Kabine auf der MS Atlantis zu treffen. Ludos Fünfundsechzigster war einfach ein angemessener Anlass. Die Schwestern ließen sich Sekt bringen und stießen auf den Beginn ihrer großen Freiheit an. „Was haben eigentlich eure Kinder gesagt?", fragte Ludo, die als kinderlose Witwe ja keine Fragen aus der Familie zu erwarten hatte.

„Nichts", kicherte Geno. „Zu den Distelkorn-Kindern

habe ich ja sowieso schon seit Jahren keinen Kontakt mehr, seit sie ihren Vater aus der Apotheke raushaben und das Gebäude verkaufen wollten. Und meine Große ist ja in Amerika, der Kleine in China. Denen habe ich längst unter Tränen erzählt, wie senil ihr Vater mittlerweile geworden ist. Sie machen sich mit mir Sorgen, wo er abgeblieben sein könnte, weil er irgendwie nicht im Kurhotel ankam, aber sie haben mir auch zugeraten, die Reise anzutreten. Ich solle mir mal was Gutes tun, mich ablenken."

Ludo schüttelte den Kopf: „Unfassbar, dermaßen durchtrieben! Und wie wars bei dir, Irmi?"

Irmi grinste. „Vater und Sohn haben sich ja immer gut verstanden, aber wie bei euch in der Apotheke wollte auch bei uns der Senior im Weinhandel nicht aufhören. Das hat den Junior natürlich gestört und so ist er gar nicht übermäßig böse darum, dass sein Vater vermutlich irgendwo in Spanien verschollen ist. Ich fands unglaublich leicht, das alles."

„Kommt mit an Deck, wir legen gleich ab!", rief Geno aufgeregt nach einem Blick durch das Fenster der Kabine.

„Und die Koffer?" Ludo hatte es gern ordentlich.

„Später!"

Zu dritt winkten die Schwestern der Stadt Hamburg, als die MS Atlantis ablegte und Kurs aufs Meer nahm. Plötzlich stieß Geno Irmi in die Seite: „Da ist er, guck mal!"

Und wirklich: Irmi erkannte in dem schmucken Mann in Uniform ihren Hermann wieder. Da stand er nun, nach so vielen Jahren. Damals hatte er Baumwolltrikots und Arbeitshosen getragen, heute zierte ihn Marineblau mit vielen goldenen Streifen.

„Ein Bild von einem Mann!", seufzte sie.

„Mehr Falten als im Internet", konstatierte Geno trocken.

„Aber die schicke Uniform!" Ludo war begeistert.

„Den treffen wir später noch. Und jetzt ab in die Kabine, endlich die Koffer auspacken!", befahl Geno und scheuchte ihre Schwestern vor sich her.

Sie hatten sich alle drei neu eingekleidet. Das war das Mindeste, was sie sich als reisende Witwen leisten mussten. Nur Irmi hatte wohl etwas übertrieben.

„Herrje, du bist sogar mit Hutschachtel angereist?", fragte Ludo. „Ich hab dich noch nie mit Hut gesehen."

Irmi sank auf den Sessel neben ihrem Schrank und hielt die Hutschachtel auf dem Schoß.

„Wie soll ichs euch sagen?", begann sie. „Ich wusste halt nicht, was ich mit ihm machen sollte."

„Mit dem Hut?", fragte Geno erstaunt.

„Mit dem Kopf."

„Mit dem Kopf?" echoten die älteren Schwestern entsetzt.

„Er hat nicht in den Häcksler gepasst. Da hab ich ihn eben mitgenommen, wie immer. Aber macht euch keine Sorgen. Ich hab ihn ganz dicht in Folie eingeschweißt. Er riecht nicht und nichts!"

Bleich fasste sich Ludo ans Herz und japste: „Spinnst du?"

Irmi blickte zu Boden. „Wahrscheinlich."

Ludovika, Genoveva und Irmintrude hatten sich zum zweiten Mal in diesem Jahr getroffen. Ihre Kreuzfahrt genossen sie sehr, wenngleich Ludo und Geno darauf achteten, Irmis Schrank nicht zu nahe zu kommen. Den Kapitän beobachteten sie aus der Ferne und nahmen sich vor, sich darum zu kümmern, einmal abends an den Kapitänstisch gesetzt zu werden.

Kurz vor Madeira erklärte Irmi nach dem Abendessen: „Es ist so weit!"

Als die meisten Passagiere längst schliefen und die Decks sowieso völlig leer waren, weil die letzten noch aktiven Mitreisenden an den Bars hingen, schlichen die Schwestern mit der Hutschachtel aufs Oberdeck.

„Meinst du, er geht unter? Ich hab mal gelesen, dass Gärgase Leichen wieder nach oben treiben", sagte Geno unsicher.

„Aber nicht, wenn er eingeschweißt ist. Und durch die Löcher im Boden wird die Schachtel schon volllaufen! Außerdem hoffe ich, dass ein netter größerer Hai seinem Ruf entspricht und die Aufgabe ordentlich erledigt." Irmi stellte die Schachtel auf die Reling, klopfte leicht auf den Deckel und sagte: „Ab mit dir!" Dann schubste sie die Fracht von Bord und zu dritt sahen sie zu, wie die schwere Hutschachtel von den Wellen verschluckt wurde.

„Nanu, was machen Sie denn da?"

Die Schwestern fuhren herum. Dass der Kapitän hinter ihnen aufgetaucht war, hatten alle drei nicht bemerkt. Ludo riss erschrocken die Augen auf, aber Geno lächelte den Kapitän an und sagte: „Ach, wissen Sie, wir haben endlich gemerkt, dass unsere Irmi kein Hutgesicht hat. Da haben wir beschlossen, dass sie sich von einigem Alten trennen sollte. Immerhin haben Sie hier an Bord auch ein ganz nettes Angebot!"

„Irmi? Ach, da kannte ich vor langen Jahren auch mal eine. Ein Jugendflirt. Ein völliger Irrtum, im Nachhinein besehen. Nun ja. Guten Abend, die Damen."

Und glücklich, dass die Bord-Boutiquen offensichtlich dem Geschmack seiner Passagierinnen entsprachen, tippte der Kapitän an seine Mütze und wollte sich wieder auf seinen nächtlichen Rundgang machen.

Er war bekannt für seine einsamen Touren an Deck. Dass drei unbescholtene deutsche Witwen ihn als Letzte sprachen und dass er unfreiwillig über Bord gegangen war, vermutete später niemand. Immerhin war in der Nacht ein starker Sturm aufgekommen.

Rosenduft

Kennen Sie Princess Anne? Nein? Macht nichts! Ich kannte sie auch nicht. Aber jetzt liegt sie gerade in acht Exemplaren auf meinem Rasen. Wurzelnackt und mit drei starken Trieben. Nostalgischer Duft wird mir versprochen und ich werde dafür sorgen, dass die Rosenstöcke gerade an dieser Stelle besonders gut gedeihen. Ihr Duft wird mich aber nicht nur erfreuen. Er wird mich auch immer daran erinnern, welche schweißtreibende Angelegenheit die Vorbereitung des neuen großen Beetes war. Und welcher andere Duft mich die Entscheidung fällen ließ, überhaupt ein so großes Rosenbeet anzulegen.

Nun stehe ich hier, alle Knochen schmerzen, und ich weiß nicht, ob ich mein Kreuz noch einmal in die Senkrechte bekomme. Ein so großes Loch habe ich noch nie im Leben gegraben. Und das mit über 60! Aber es musste sein. Irgendwo musste er ja hin.

Ja, sie vermuten richtig. Ich bin dabei, eine Leiche verschwinden zu lassen. Unter meinem Rosenbeet. Dem neuen. Männertreu werde ich zwischen den Rosen pflanzen, denn immerhin ist es eine männliche Leiche, die ich hier entsorge. Aber nicht, dass sie glauben, ich hegte irgendwelche sentimentalen Gefühle für diese Leiche. Auch als die Leiche noch lebte, traf das nicht zu. Ich kannte den Mann ja gar nicht. Und trotzdem musste er weg. Das Beste daran ist, das niemand weiß, dass er zu mir gefahren ist. Keine Sorge, sein Auto steht nicht vor meiner Tür. Er hat öffentliche Verkehrsmittel benutzt, den Bus von der Mittleren Bleiche aus bis hierher in die Mainzer Oberstadt, wie nett! Es kann also gar nichts passieren.

Als er klingelte, habe ich zuerst nicht gewusst, wer da vor

der Haustür steht. Aber als er dann fröhlich meine Tasche schwenkte, wurde mir klar, wer er ist. Und im selben Moment war ebenso klar, dass er verschwinden musste.

Es hatte alles mit diesen typischen Altfrauenbeschwerden begonnen. Männer kennen das ja nicht so oder wenn, dann anders. Hemmungsloser sind sie ohnehin. Denen hätte das wahrscheinlich gar nichts ausgemacht. Oder sie hätten laut gelacht und ihn zu einem Bier eingeladen. Aus zum Schluss fünf für jeden wäre eine lebenslange Männerfreundschaft geworden. Aber bei Frauen ist das anders. Ich komme jedenfalls mit den deutlichen Anzeichen des Älterwerdens nicht einfach so klar. Es sind diese typischen Beschwerden, über die jeder Mann lästert, die er selbst aber nie hat. Die er folglich auch nicht ernst nimmt. Die damit für mich umso peinlicher werden. Ich weiß, ich spinne, aber so ist es nun einmal. Ich habe mich nie damit abgefunden, dass mein Stoffwechsel nach der Geburt meiner Tochter einfach anders arbeitete und keine Diät der Welt mir mein Gewicht „von vorher" zurückbringen konnte. Auch dass ich spätestens alle zwei Stunden eine Toilette suchen und finden muss, damit ich ohne Inkontinenzeinlagen auskomme, ist eine der Tatsachen, die mich das Altern nur verbittert ertragen lassen. Von der gesamten Spannkraft meines Körpers ganz zu schweigen: Jahrelang habe ich mich in diversen Fitnessstudios geschunden, ohne jedoch irgendwelche sichtbaren Erfolge zu erzielen. Neidisch beäugte ich die straffen jungen Frauen neben mir und geradezu wütend wurde ich, wenn einer der gestählten Frührentner das Studio betrat: Keinem dieser älteren Herren konnte man ansehen, wie viele Kinder er gezeugt hatte. Himmelschreiende Ungerechtigkeit! So einen bedrohte doch höchstens der Prostatakrebs.

Nun, seit heute ist es einer weniger, auf den ich meinen Groll schieben muss. Ich war heute Morgen wie jeden Freitag am Brand. Ich habe mir das angewöhnt, weil ich dort nah beieinander alles finde, was ich brauche. Sogar eine Apotheke und ein Reformhaus. Anstrengend ist es trotzdem, vor allem, wenn Scharen von Jugendlichen an einem vorbei zu diesem riesigen Elektronikmarkt drängeln. Wie oft war ich nur völlig erschöpft wieder am Auto in der Tiefgarage, nassgeschwitzt, aber erleichtert, nun wieder nach Hause zu können. Daran merke ich dann immer, dass ich doch alt werde.

Mittlerweile habe ich mir einen Tunnelblick zugelegt, um unbeschadet durch das Chaos zu kommen. Ich richte gleich am Ausgang der Tiefgarage meinen Blick auf das ferne Logo der Apotheke und steuere sie an, ohne weiter nach rechts oder links zu blicken.

Heute Morgen verspürte ich aus irgendeinem dummen Grund plötzlich ein Grummeln im Bauch. Nicht etwa irgendein Grummeln, sondern eines dieser mittleren Erdbeben, die dir unmissverständlich klarmachen, dass du nicht mehr einfach so aus dem Haus gehen kannst, ohne dich vorher mit deiner Verdauung geeinigt zu haben. Ich weiß jetzt schon seit Monaten, wo ich hier die Toiletten finde, und meist habe ich die fünfzig Cent für die Klofrau auch schon lose in der Manteltasche, aber haben Sie schon einmal auf einer öffentlichen Toilette gesessen und der Eruption freien Lauf gelassen? So, dass man mitten im Schweißausbruch danach ganz genau merkt, wie es in den Nachbarkabinen stiller wird, weil man sich dort verzweifelt das Lachen verkneift oder ein Dankgebet gen Himmel schickt, dass diese Geräusche nicht aus der eigenen Kabine kommen? Nein, nein, größere Verdauungsprozesse pflegt man ab einem gewissen Alter am besten in Ruhe und zu Hause zu erledigen. Heute Morgen spürte ich die Verzweiflung in mir hochkriechen. Dabei hatte ich zu Hause noch gedacht, alles sei in bester Ordnung.

Es würde mich zerreißen. Eine Gasansammlung ungeahnten Ausmaßes verlangte ihre Freiheit. Ich musste es unbedingt bis zum Wagen schaffen. Blind vor Panik bahnte ich mir rücksichtslos einen Weg durch die Massen. Angesichts der ersten Schweißperlen auf meiner Stirn und der sich anbahnenden Katastrophe weiter unten steuerte ich eilig auf die Treppe zum Parkdeck zu. Sie kennen das: Rennen geht nicht, dann hat man sich nicht mehr gut genug unter Kontrolle. Entgegen aller guten Sitten ignorierte ich sogar zwei Bekannte, die mich freundlich grüßten und mir sicher verwirrt nachblickten, als ich nur kurz schief grinsend weiterstürmte. Am Kassenautomaten zahlte ich mit zittrigen Fingern, riss die Karte aus dem Gerät und musste abrupt stehen bleiben: Wo hatte ich mein Auto gelassen?

Ich fahre einen dieser unauffällig metallic lackierten Mittelklassewagen, die es auf jedem Parkdeck zu mehreren gibt. Es ist nicht immer einfach, sich den Parkplatz zu merken. Aber hinter dem übernächsten Betonpfeiler sah ich das Heck meines Autos herausragen.

Lange bevor ich dort ankam, hob ich die Zentralverriegelung auf, um dann die mir am nächsten gelegene Beifahrertür aufzureißen und mich auf den Sitz fallen zu lassen. Ich zog die Tür zu. Keinen Moment zu früh: Knatternd entwich mir sekundenlang der monströseste Furz, den ich jemals gelassen hatte. Übler Gestank breitete sich in Windeseile im ganzen Auto aus. Ich spürte sofort grenzenlose Erleichterung und suchte nach einem Taschentuch, um mir die Stirn abzutupfen, als ich merkte, dass ich nicht allein war: Auf dem Fahrersitz saß ein Mann! Mit gerunzelter Stirn betrachtete er mich süffisant lächelnd.

Zu Tode erschrocken stürzte ich schreiend aus dem Wagen, über das Parkdeck, die Treppe hoch und brachte mich im bunten Durcheinander der Passanten vorerst in Sicherheit. Zitternd blieb ich vor der Auslage eines Juweliers stehen und gab vor, mich für teure Herrenuhren zu interessieren. Dabei versuchte ich aus den Augenwinkeln den Zugang zu den Parkplätzen im Blick zu behalten. Sicher war sicher!

Erst eine Stunde später wagte ich mich wieder in die Tiefgarage, was mich ein neues Tagesticket zum Extrapreis – bezahlt mit dem Notfall-Zwanziger aus dem Schlüsselmäppchen – kostete. Problemlos fand ich diesmal mein Auto, das allerdings in entgegengesetzter Richtung zum peinlicherweise aufgesuchten falschen und inzwischen verschwundenen Exemplar stand. Ich nestelte den Schlüssel aus der Jackentasche, öffnete die Türen und ließ mich erleichtert auf den Fahrersitz fallen. Mir war kalt. Ob man das, was ich erlitten hatte, einen Schock nennen konnte? Ich musste unbedingt nach Hause und heiß duschen!

Die Haare waren längst getrocknet, aber ich lief, weil ich sonst nichts mehr vorhatte, auch am Nachmittag noch im Bademantel herum, als es an meiner Haustür klingelte. Der Mann, der jetzt gerade im Garten unter Princess Anne zu liegen kommt, stand da. Ich kannte ihn nicht, aber im Bruchteil einer Sekunde wurde mir klar, um wen es sich handeln musste. Mit beiden Händen hielt er meine Handtasche vor dem Bauch und strahlte mich an: „Junge Frau, Sie haben vorhin Ihre Handtasche in meinem Auto vergessen!“, sagte er.

Ich frage Sie: Hätten Sie da nicht zugeschlagen? Kurzerhand griff ich nach dem kupfernen Schirmständer im Windfang, den ich nie hatte leiden können, den uns aber meine Schwiegermutter geschenkt hatte, weshalb er nicht auf den

Flohmarkt konnte. Zum allerersten Mal war ich froh, das hässliche Ungetüm zu besitzen: Mit Schwung knallte ich es meinem Gegenüber an den Schädel. Erfreulicherweise ging der Mann sofort zu Boden und ließ dabei zum Glück auch noch meine Tasche los. Ich griff danach und warf die Haustür zu, um sie gleich darauf wieder zu öffnen: Ich konnte mein Opfer doch nicht einfach dort liegen lassen!

Es war ein mühevolles Unterfangen, den bewusstlosen Mann bis in den Garten zu schleifen, und ich muss nachher auch unbedingt daran denken, die Schneise, die wir zusammen in Flur und Wohnzimmer hinterlassen haben, zu beseitigen. Ein glücklicher Zufall will es, dass ich erst in der vergangenen Woche eine Lieferung Edelrosen bekommen habe. Die habe ich nun eben wieder ausgegraben, die Pflanzlöcher mühsam vertieft und erweitert und den fremden Mann hineingeworfen. Ich weiß nicht, ob er nur besinnungslos oder wirklich ganz tot war, aber Princess Anne dürfte das egal sein.

Verkocht

„Allez, allez, vite, vite!“, zischte Maître Jean-Georges und schob eine Servicekraft beiseite. „Wie oft muss ich euch noch sagen, dass hier Platz zu sein hat, wenn ich nach draußen will zu den Gästen!“

Die beiden gertenschlanken Serviererinnen rollten mit den Augen: Derlei waren sie gewohnt und nahmen es kaum noch ernst. Der Maître nahm sich wichtig, aber wo wäre er ohne sein Personal? In der kommenden Saison wäre außerdem keine der beiden mehr hier, denn im „Empereur“ wurde jährlich gewechselt, das war von vornherein klar gewesen.

„Herta, wo bleiben die Filets! Ich warte!“

Herta Mayer wartete auch. Als ungelernte Kraft war sie damals in die Küche der „Goldenen Gans“ im Nachbarort gegangen, weil ihr Mann einfach keine Arbeit fand. Wenig später hatte sie den Laden allein geschmissen.

Dann hatten sie den alten Winzerhof des Onkels übernommen, das Wohnhaus renoviert und in die Lagerhalle eine hochmoderne Küche einbauen lassen. Im benachbarten Saal, einer der typisch rheinhessischen „Kuhkapellen“, einem ehemaligen Stall mit Kreuzgewölbe und steinernen Säulen, speiste seitdem, wer es sich leisten konnte, und im Garten dahinter war so manches Brautpaar für die Ewigkeit abgelichtet worden, zwischen den üppigen Rosen, am wilhelminischen Gartenhäuschen, auf der romantischen Brücke über den Goldfischteich.

Aber so erfolgreich der „Empereur“, benannt nach dem in der Kaiserzeit gestalteten weitläufigen Garten, auch lief – Herta Mayer wartete. Darauf, dass ihr Mann irgendwann einmal ein Kochbuch aufschlüge und versuchte, sein erstes eigenständiges Gericht zu kochen. Darauf, dass er ihre Kochkünste endlich anerkennen und sie wenigstens abends unter vier Augen einmal loben würde. Darauf, dass er sie zur Küchenchefin machen würde oder wenigstens ihren Namen mit in Briefkopf und Speisenkarte aufnähme.

Geduldig war sie schon immer gewesen. Ihre Schwester Irma hatte das früh erkannt und noch am Abend vor Hertas Hochzeit befunden: „Du bist ein gutmütiges Kamel, meine Liebe, also pass auf, dass er dich nicht unterbuttert, dein Hannschorsch!"

Schon damals hatte ihr Hans-Georg Dutzende ertragreicher Geschäftsideen gehabt, von denen sich nie auch nur eine in die Realität umsetzen ließ. Herta hatte mit den Schultern gezuckt und fortan dafür gesorgt, dass sie über die Runden kamen. Erst als Köchin in der „Goldenen Gans" und nun schon zehn Jahre lang im „Empereur".

Seit dessen Eröffnung nannte ihr Mann sich nur noch Jean-Georges und hoffte inständig, dass Herta niemandem verriet, wer das eigentliche Herz der Küche war. Nicht einmal das Personal wusste, dass er nicht kochen konnte. Alle glaubten, er habe Herta eingewiesen und habe es eben einfach nicht mehr nötig, am Herd zu stehen, da ja alles so lief, wie er das wollte. In blütenweißer Kochjacke stolzierte er Abend für Abend zwischen den Gästen herum und ließ sich als Gourmetkoch feiern, wobei offenbar niemandem auffiel, dass ein Koch, der nicht in der Küche steht, gar nicht der Koch sein kann. Ein Gläschen hier, ein Schwätzchen dort, Jean-Georges hofierte die Kundschaft, schmeichelte, war großzügig. Das kam an. Der „Empereur" galt bald nicht mehr nur in Rheinhessen, sondern in der gesamten neu erdachten „Metropolregion Rhein-Neckar" als Geheimtipp.

Das Warten würde ein Ende haben! Hertas Puls ging schneller, wenn sie nur daran dachte: Ein Stern sollte ihnen verliehen werden. Ein Stern im „Guide C"! Hier konnte Hans-Georg sie nicht mehr übergehen.

Und wie er konnte! Der Kritiker rief den Maître zu sich, gab sich zu erkennen und verriet ihm, dass schon bald der „Empereur" nebst einem goldenen Stern im „Guide C" zu finden wäre. Maître Jean-Georges strahlte und ließ zwei Gläser Champagner kommen. Während er dem anderen mit einem „Santé" zuprostete, stand Herta im Rahmen der Küchentür und wartete darauf, dass Hans-Georg endlich die Wahrheit sagte. Jetzt musste es gleich so weit sein, es konnte nicht mehr lange dauern! Leider saßen die beiden zu weit weg, als dass Herta hätte hören können, worum sich ihr lebhaftes Gespräch drehte. Der Maître ließ noch einen doppelt gebrannten Trester kommen, den aus der Flasche, die er nur ganz selten öffnete, und schließlich erhob sich der Kritiker und verließ nach ausgiebigem Händeschütteln das Gewölbe.

Der Maître schwebte geradezu in die Küche und berichtete seiner Frau die Neuigkeit. „Maître Jean-Georges Mayeur versteht es wie kein Zweiter, regionale Küche mit internationalem Anspruch zu verbinden", zitierte er. „So wird das da zu lesen sein, hat mir der Mann versprochen."

„Maître Jean-Georges Mayeur?" Herta zog die Augenbrauen hoch.

„Aber sicher. Glaubst du, als Mayer bekäme ich da einen Fuß in die Tür? Ich bitte dich!"

„Mich hast du sicher auch erwähnt, ja?"

„Dich? Wieso?"

„Na, weil ich schließlich koche, nicht du!"

„Aber Hertalein, was du immer denkst! Dir fehlt doch völlig der Überblick über das große Ganze. Du kochst, aber ich mache den „Empereur" zu dem, was er ist. Mädel, du hast doch überhaupt keine Connections!"

„Aber du, ja?" Zum ersten Mal fühlte Herta Mayer, wie die Wut in ihr aufstieg. Wut bis ganz, ganz oben.

„Natürlich. Was tu ich schließlich den ganzen Tag?"

„Ja, das frage ich mich auch, Hannschorsch."

„Würdest du bitte nicht … "

„Sicher, Maître! Aber meinen Namen hättest du ihm sagen müssen. Ich bin es, derentwegen die Leute hier essen kommen."

„Nein, ich! Von dir wissen sie ja nicht mal, dass du existierst."

Die Wut kroch höher und drohte Herta den Kopf zu sprengen. Wieso hatte sie das nur so lange mitgemacht? Aus Liebe ja wohl nicht. Sie war eben doch das gutmütige Kamel, für das ihre Schwester sie hielt.

Das Ende des Maître war nicht geplant gewesen. Nicht im eigentlichen Sinne jedenfalls, denn Dinge wie „Den bring ich um!" schießen ja wohl jeder Frau ab und zu durch den Kopf. Nein, es handelte sich um reinen Zufall.

Am Tag vor der einwöchigen Betriebsruhe des „Empereur" reiste Jean-Georges Mayeur nach Baden-Baden, um bei einer Gala den Stern in Empfang zu nehmen. Einen Stern auf einer emaillierten Tafel, die demnächst direkt neben dem Entrée zu finden sein würde. Als Hinweis für die extra angereisten Gäste und als Barriere für die einfachen Leute aus dem Ort. Die kamen sowieso nur, um schnell mal ein, zwei Gläschen Wein zu trinken. Sobald sie die Preisliste sahen, tranken sie aus Verlegenheit ein Achtel und verschwanden dann wieder. Darauf konnte man eigentlich verzichten.

Im Lokal saß Maarten van der Waal, ein Rotterdamer Manager, der oft in der Gegend zu tun hatte. „Aber wer kocht heute Abend, wenn der Maître nicht da ist?", fragte der bekennende Gourmet die Bedienung.

„Die Chefin", antwortete diese. „Ist etwas nicht in Ordnung?"

„Doch, doch. Ich frage mich nur, ob sie das auch kann, so ganz allein."

„Sie kann, mein Herr, sie kann", räumte die Bedienung sämtliche Zweifel entschlossen aus. Und wirklich, Maarten van der Waal fehlte es an nichts, ja, er glaubte sogar, es schmecke ihm noch ein klein wenig besser als sonst. Das sagte er Herta Mayer auch, als sie aus der Küche trat. Lächelnd bedankte sie sich.

„Wo haben Sie das Kochen gelernt? Bei Ihrem Mann?"

Sie war versucht, dem netten Holländer die Wahrheit zu sagen, aber sie ließ es dann doch.

Am nächsten Morgen stand Herta in der Küche und schrubbte: Die Betriebsferien zum Wegfahren zu nutzen, das hatte sie vor langen Jahren aufgegeben. Stattdessen verwendete sie die Zeit dazu, sowohl eine Generalreinigung des Inventars zu machen, als auch neue Rezepte auszuprobieren, wozu sie sonst nie Gelegenheit fand.

Gegen Mittag trudelte der Maître gut gelaunt wieder zu Hause ein. „Frau, sieh hier, der Stern!", schrie er schon mitten im Flur.

„Geh her, Hannschorsch, ich versteh dich so schlecht, wenn du da draußen rumbrüllst", schrie sie zurück.

Er stürmte in die Küche: „Der Stern! Und nenn mich nicht …"

„Jaja, ich weiß. Aber es ist ja keiner da außer dir und mir.

Und ich kenn dich schließlich schon immer so. Wer soll das denn auch sein, dieser Jean-Georges? Zieh dem den feinen Kittel aus und es steht wieder der Mayer Hannschorsch da, den ich geheiratet hab."

„Herta, was soll das!"

Ihr Mann mochte sich über die kratzbürstige Art wundern, aber er hatte ja auch keine Ahnung davon, dass, während sie mutterseelenallein die Küche gewienert hatte, wirklich ausreichend Zeit zum Nachdenken und Wutansammeln gewesen war. Sämtliche Bilder waren ihr durch den Kopf gegangen: Der Maître im feinen Hotelzimmer, der Maître auf der Bühne in einem noblen Saal, der Maître unter seinesgleichen (Haha!, dachte sie bitter.) bei der Gala, der Maître mit stolzgeschwellter Brust und dem Schild unter dem Arm beim Sektempfang. Herta glaubte, ein winziger Pieks würde genügen, und sie müsste platzen.

„Wo ist die Bohrmaschine?", unterbrach Jean-Georges die Gedanken seiner Frau.

„Im Werkzeugschrank im Flur, wo sonst?"

„Da ist sie nicht, da war ich grad."

„Dann weiß ichs auch nicht."

„Aber ich brauche sie. Der Stern muss angebracht werden. Also geh schon suchen, Herta, vite vite!"

Es musste wohl dieses sonst ausschließlich dem Personal zugedachte „Vite, vite!" gewesen sein, das Herta explodieren ließ. Sie hob die mittelgroße gusseiserne Pfanne mitsamt dem Schmorbraten vom Herd, vollführte eine 180-Grad-Drehung und klatschte ihrem Gatten völlig unvermutet das schwere Gerät an den Kopf.

Der Braten rutschte unter den Herd, der Maître davor. Das Fleisch ließ sich schnell in den Abfall befördern, der Gatte nicht. Was nun?

Herta wischte sich die Hände an der Schürze ab und setzte sich erst einmal hin.

Wenig später hing Maître Mayeur mit durchgeschnittener Kehle zum Ausbluten kopfüber an einer Stehleiter. Das hatte viel Kraft gekostet, aber wenn die Polizei womöglich eines Tages auf die Idee käme, nach Blutspuren zu suchen, sollte sie keine finden. Man hatte doch schon so viel von Luminol und anderen aufklärenden Utensilien in Fernsehkrimis erfahren!

Bald darauf war das Fleisch fein säuberlich von den Knochen abgelöst und mit einem Klebeetikett „Rinderabschnitte 21. Juli 2011“ in mehreren Portionen eingefroren. Frische Blutwurst lagerte im Kühlraum. Nur: Wohin jetzt mit den Knochen? Sie goss sich einen Mirabellenbrand ein, der glühend durch ihre Kehle rann und gleichzeitig die Erleuchtung brachte: Die Schnellkochtöpfe, natürlich! Was für Rinderknochen gut war, musste auch für einen Maître gehen. Der größte Topf fasste 150 Liter, da würde sie alles Sperrige hineinbekommen. Für den Rest langten auch die kleineren. Zeit genug hatte sie ja schließlich.

Hannschorschs Knochen wanderten komplett in die Dampfdrucktöpfe. Herta wunderte sich über ihre eigene Kaltschnäuzigkeit und musste mehrfach bei der Arbeit grinsen, weil alles so einfach schien. Nur als sie den Kopf ihres verblichenen Gatten oben auf die Beckenknochen legte, musste sie sich doch erbrechen, kurz und heftig ins Spülbecken.

Ihre Rinder-Essenzen pflegte sie drei Tage lang köcheln zu lassen. Kurz bevor der Markknochen zerfiel, war die Suppe richtig und konnte in Vakuumbeuteln haltbar eingefroren werden. Aber warum nicht ein einziges Mal einen Tag länger kochen, damit ganz sicher alles verkocht war und nichts mehr im Sieb hängen blieb?

Herta fuhr ganz früh zum Großmarkt. Gleich nach der Betriebsruhe stand eine Hochzeitsgesellschaft im Kalender, neunzig Leute, zum Glück inklusive Suppe und deftigem Buffet. Zu Hause blubberte es derweil in den Dampfdrucktöpfen weiter vor sich hin.

Abends gönnte sie sich mehrere Gläser Spätburgunder und schlief bestens. So verbrachte sie auch die Folgetage: In Ruhe Neues ausprobieren, einige Vorbereitungen treffen, gelegentlich nach der Suppe sehen und dann und wann ein Gläschen Roten trinken. Draußen neben der Tür hing der neue Stern.

Vier Tage nach des Maîtres Ableben öffnete Herta den Deckel des größten Kochtopfes und lächelte hinein: Kein Brocken mehr, alles war verkocht. Sonst probierte sie eine fertige Essenz immer, aber diesmal ließ sie es einfach darauf ankommen. Nach dem Abkühlen, es ging schon auf Mitternacht zu, verschweißte sie die Flüssigkeit in Portionsbeutel und legte sie ins Kühlhaus.

„Da warst du schon mal, Hannschorsch, nur im Ganzen!“, grinste sie, als die Beutel neben- und aufeinandergestapelt lagen.

Am Tag der Hochzeitsfeier herrschte emsige Betriebsamkeit im „Empereur“. Jeder hatte alle Hände voll zu tun, nur Herta konnte es dank ihrer Vorarbeiten etwas langsamer angehen lassen. Lediglich den Tartar für die Kanapees musste sie direkt vor dem Verzehr noch anrichten. Durch das Küchenfenster sah sie im Garten schon das glückliche Paar für die Fotografen posieren. Hoffentlich hielt wenigstens deren Ehe, was sich beide heute davon versprachen! Herta seufzte.

Während sie das Fleisch durch den Wolf drehte, wozu sie heute aus Pietätsgründen ausnahmsweise Handschuhe trug, schoss ihr die Frage durch den Kopf, was wäre, wenn der Maître selbst im Tod noch dominieren sollte. „Chefin, denen schmeckt der Tatar nicht", oder so ähnlich. Bloß nichts riskieren! Blitzschnell erfand Herta „tatar diable" und würzte ausgiebig mit Chili. Das würde fremden Geschmack überdecken und den Getränkekonsum ankurbeln. Normalerweise hatte sie strikt etwas gegen zu starkes Würzen, wenn der pikante Pfiff einer feurigen Unverschämtheit wich, aber heute ging es um gravierendere Dinge.

Das Hochzeitsessen wurde ein voller Erfolg. Erleichtert registrierte die Köchin, dass auch nicht das kleinste bisschen Tatar oder Blutwurst übrig geblieben war. Ihre Rinderessenz war sogar vom Brautvater („Wissen Sie, ich bin ein echter Suppen-Kenner") speziell gelobt und ebenfalls von der Gesellschaft fast komplett verspeist worden. Dafür war viel Gemüse übrig geblieben, aber das störte Herta zum ersten Mal überhaupt nicht. Ohne sich über die Verschwendung aufzuregen, warf sie es in die Biotonne.

„Wo ist eigentlich der Maître?", fragte erst jetzt eine der beiden Küchenhilfen.

„Ich hab mich von ihm getrennt", antwortete Herta wahrheitsgemäß.

„Ach!", meinte die Küchenhilfe nur, doch eine der Bedienungen war deutlicher: „Gut so. Ich hätte den ja längst umgebracht, wenn es meiner wäre."

Drei Tage später saß abends wieder Maarten van der Waal im „Empereur“ und studierte die Karte. „Darf ich Sie beraten?“, fragte Herta, die lächelnd neben seinen Tisch getreten war.

„Aber gern“, strahlte der Holländer und hörte sich an, was es frisch aus der Küche zu essen gab.

„Jetzt fehlt mir nur noch ein lekker soepje vorneweg!“

„Ich empfehle unsere Rinderbrühe mit Bärlauchklößen.“

„Ach, die hatte ich schon so oft …“

„Nehmen Sie sie, ich habe sie verfeinert, als Reminiszenz an den Maître sozusagen.“

„Na, dann lasse ich mich gerne überraschen. Aber wo steckt der Maître denn heute?“

„Verkocht.“

Van der Waal stutzte, dann lachte er laut und rief: „Verkocht! Herta, warum haben Sie sich nur immer in der Küche versteckt? So ein wunderbarer Humor!“

Herta runzelte die Stirn. Da hatte sie spontan die Wahrheit gesagt, und dieser Mann lachte.

„Verkocht, haha! Verkochen ist verkaufen auf nederlands, dat is en lekker idee!“

Ja, das fand Herta auch und winkte der Bedienung, schon mal die Suppe zu bringen.

Apfelbäckchen

Betreutes Wohnen, schön und gut. Aber doch nicht so! Seit fast einem Jahr wohne ich mit meinem Wilhelm jetzt im „Seniorenpark Sonnenweide“ und im Prinzip haben wir den Wechsel von unserem Häuschen mit Garten in die Zweizimmerwohnung hier auch ganz gut geschafft, aber wirklich glücklich bin ich nicht. Wilhelm bekommt zum Glück nicht mehr viel mit, er vergisst das Allermeiste sofort und verbringt seine Tage vor dem Fernseher: morgens Frühstücksfernsehen, mittags Prekariats-Talkshows, nachmittags Daily Soaps und abends die bunten Angebote auf den Dritten. Ich habe durchgesetzt, dass ich wenigstens die Nachrichten um acht und manchmal etwas auf Arte gucken kann, das reicht mir schon. Ansonsten habe ich meine Bücher oder lege mich früh schlafen. Wilhelm geht es gut. Vor allem, seit wir das Fräulein Sabrina haben, das täglich nach uns sieht. Sie räumt auf, weil meine müden Knochen da nicht mehr so mitmachen, und sie bringt auch unsere Wäsche in die Wäscherei, bringt sie sauber zurück und legt sie ordentlich in den Einbauschrank. Das Fräulein Sabrina macht auch Arzttermine für uns aus, weist uns auf Veranstaltungen unten im Gemeinschaftsraum hin und umsorgt uns insgesamt ganz wunderbar.

Wilhelm mag das Fräulein Sabrina. Apfelbäckchen hat sie, sagt er. So schön rot wie an Weihnachten die kleinen Äpfel, die die Mutter aus dem Regal im Keller holte, um die Stube zu schmücken. Irgendwann noch vor der Mitte des letzten Jahrhunderts. Und wenn das Fräulein Sabrina meinen Wilhelm in den Arm nimmt und ihn drückt und sagt, er sei ja so ein Netter, dann freut er sich und bekommt genauso rote Backen. Ich weiß ja mittlerweile, zu welchen Zeiten das Fräulein Sabrina bei uns vorbeikommt. Oft sehe ich zu, dass ich dann außer Haus bin, weil ich dieses Geschäker nicht mit ansehen kann. Dass mein Wilhelm darauf hereinfällt! Dieses junge Fräulein hofft doch bloß, in seinem Testament Erwähnung zu finden, das kennt man doch! Nein, da bin ich lieber nicht zugegen und wandere statt dessen ein wenig durch die Gegend, denn das geht doch noch ganz gut. Gelaufen bin ich ja schon immer viel und so habe ich auch von Anfang an die Natur rund um den Seniorenpark erkundet. Der liegt nämlich ganz am Ortsrand. Wenn mir nach Gesellschaft ist, biege ich an der Haustür nach rechts ab, dann komme ich in das Neubaugebiet, in dem schrecklich viele Häuser furchtbar dicht aneinander stehen, und wo sich fast ausschließlich junge Familien niedergelassen haben. Da kann ich dann auch mal ein Schwätzchen halten, wenn ich dazu aufgelegt bin. Wenn mir der Sinn mehr nach Ruhe steht, biege ich links ab und laufe hinaus in die Felder, wo sich zwischen einer Bahnlinie und einer Bundesstraße tatsächlich noch Rehe und Hasen beobachten lassen, oft auch Rebhühner oder Raubvögel.

Das Laufen solle ich unbedingt beibehalten, hat auch Dr. Sauerwein gesagt, als wir uns damals von ihm verabschiedet haben. Dreißig Jahre lang war er unser Hausarzt gewesen, aber als wir umzogen, mussten wir uns natürlich von ihm trennen. Er war es auch, der mir geraten hat, mir jeden Morgen ein Gläschen Hochprozentigen zu genehmigen, damit mein Kreislauf besser in Schwung kommt. Ich beherzige seinen Rat seit Jahren und es tut mir wirklich gut. Damit mein Wilhelm sich nicht darüber aufregt, verstecke ich die Flasche, meist einen guten französischen Cognac, hinter der Bettwäsche oben im Schrank. Da würde er ihn niemals finden. In unserem Häuschen nicht und hier erst recht nicht. Seit einiger Zeit stimmt aber etwas nicht mit meiner geheimen Flasche. Ich habe ja das Fräulein Sabrina in Verdacht, denn wer außer ihr besucht uns täglich? Immer wieder fehlt etwas in der Flasche. Nie mehr als ein, zwei Zentimeter Füllstand, aber doch so viel, dass es mir auffällt. Das muss das Fräulein sein, denn wer hat sonst schon Zugang zu unserem Wäscheschrank! Jetzt wird es mir auch erst klar: Vielleicht hat sie ja deshalb diese Apfelbäckchen, weil sie immer ein wenig unter Alkohol steht, von Wohnung zu Wohnung den Pegel zu halten versucht. Ich weiß, dass einige unserer Nachbarn den Pflegerinnen regelmäßig ein Likörchen oder dergleichen anbieten, aber ich bin nicht so.

Mein guter Cognac für das Fräulein Sabrina, das sich besser sowieso die Trinkerei abgewöhnen würde, so weit käms noch! Und dann nimmt sie meinen Wilhelm umso fester in den Arm, ich kann dabei nicht zusehen. Aber wenn ich mich bei der Leitung des Seniorenparks über sie beschwere, muss ich meine Meinung auch begründen, und das stelle man sich einmal vor, dass jemand eine Pflegerin ausgewechselt haben möchte, weil sie zu nett ist! Nein, da muss ich eine andere Lösung finden.

Wenige Tage nach diesem Entschluss stoße ich am Rande einer Feldholzinsel auf ein mir bis dato nicht aufgefallenes stattliches Exemplar eines Stechapfels. Ich weiß noch, dass meine Großmutter davon berichtete, dass ihre Mutter das Asthma des Vaters damit zu heilen gedachte. Asthmazigaretten nannte man das damals. Der Vater mochte aber nicht dauernd rauchen und so kochte sie ihm wohl einen Tee daraus. Meine Großmutter wuchs dann als Halbwaise heran, weil ihr Vater nach einer urplötzlichen Atemlähmung verstorben war, und die Familie achtete fortan peinlich genau darauf, dass sich keine neue dieser Pflanzen im Garten ansiedelte. Ja, so war das früher mit dem Stechapfel.

Blätter und Samen sind ja besonders giftig. Die Hand vorsichtig in eines meiner Stofftaschentücher gehüllt, löse ich mehrere der stachligen Früchte und schiebe sie in die Handtasche. Auch ein paar Blätter nehme ich mit. Wer weiß, wozu ich die noch brauchen kann.

Wilhelm sitzt auf dem kleinen Balkon und hält das Gesicht in die Sonne, als ich zurückkehre. Nanu, kein Fernsehen? Dann bemerke ich die beiden benutzten Tassen auf dem Klapptisch. Er hat mit dem Fräulein Sabrina hier lustig Kaffee getrunken, während ich unterwegs war! Kaum sieht er mich, steht er auf, schlurft zu seinem Fernsehsessel und drückt auf der Fernbedienung herum, bis das Vorabendprogramm seiner Wahl auf dem Bildschirm läuft. Ich stürze in seinem Rücken an den Wäscheschrank und angle die Cognacflasche hinter den Bettbezügen hervor. Wusste ich es doch: Zwei Zentimeter weniger als gestern! Ich frage Wilhelm, was er in meiner Abwesenheit getan hat, aber er gibt vor, sich nicht mehr daran zu erinnern. Er habe wohl ferngesehen, meint er achselzuckend. Dabei lächelt er.

Später kommt das Fräulein Sabrina noch einmal vorbei, weil sie für meinen Wilhelm noch die aktuelle Fernsehzeitung besorgt hat. Sie strahlt ihn an und hat rote Bäckchen. Da sehe ich meine zwei Zentimeter Cognac wieder! Und Wilhelm lacht sie an, wie er mich zuletzt angelacht hat, als wir jung verheiratet waren. Ach ja, das ist lange her! Jedenfalls kann es so nicht weitergehen mit dem Fräulein Sabrina.

Von jungen Menschen ist das Atropin des Stechapfels ja meistens eher zu verkraften als von alten. Obwohl: In Maßen genossen kann die Pflanze auch einem alten Herzen wieder ganz gut auf die Sprünge helfen. Aber eben nur, wenn man die richtige Dosis erwischt. Ich lege die Samen für ein paar Tage in einer Pappschachtel zum Trocknen hin, bevor ich sie mit meinem Küchenmörser zermahle. Zugegeben, der Cognac sieht nicht mehr so klar aus wie vorher, aber wenn das Fräulein Sabrina sich ihren Schluck am Schrank genehmigt, steht sie sowieso in einer dunklen Ecke des Zimmers, sodass sie die Trübung nicht sehen wird, die das Stechapfelpulver hinterlässt.

Das Fräulein Sabrina ist heute nicht gekommen. Statt dessen ein Herr Florian, so ein ganz Junger, dessen Körpermaße noch nicht mit seinem Wesen harmonieren. Wie bei Hundewelpen, die noch viel zu große Pfoten haben und tollpatschig durch die Gegend stromern, bevor sie irgendwann ausgewachsen sind und sicher ihren Weg verfolgen. Er ist einer von diesen Zivis, diesen jungen Männern, die nicht zur Wehrmacht wollen. Na, mein Wilhelm und ich hätten uns ja geschämt, wenn unser Berthold den Wehrdienst verweigert hätte. Der Herr Florian sagt jedenfalls, dass das Fräulein Sabrina sich nicht wohlgefühlt hat und er deshalb als Ersatz vorbeikommt. Ich bleibe da, während er aufräumt, damit er auch weiß, was er genau zu tun hat. Mein Wilhelm sitzt schweigend vor dem Fernseher und nickt dem Herrn Florian nur kurz zu, als der wieder geht.

Auch am Folgetag kommt der Herr Florian, diesmal mit einer besonders ernsten Miene. Er müsse uns die traurige Mitteilung machen, dass das Fräulein Sabrina gar nicht mehr komme, sagt er. Man wisse noch nichts genaues über die Umstände, aber man habe sie tot in ihrer kleinen Dienstwohnung oben unterm Dach gefunden. Mein Wilhelm schaltet tatsächlich den Fernseher aus und starrt regungslos aus dem Fenster. Sind das Tränen in seinen Augen oder habe ich nur vergessen, dass ältere Männer öfter mal wässrige Augen haben? Der Herr Florian stellt sich jedenfalls recht geschickt an für einen Mann und so bin ich jetzt immer in der Wohnung, wenn er zum Ordnung machen kommt.

Nach und nach gewöhnt sich auch mein Wilhelm an den Herrn Florian. Der junge Mann kümmert sich von Anfang an rührend um ihn, ganz gleich, wie sehr Wilhelm ihn auch ignorieren will. Irgendwann haben die beiden begonnen, sich über Schmalspurbahnen zu unterhalten. Da hatte der Herr Florian ja das richtige Thema angestoßen: Als wir noch in unserem Häuschen wohnten, hatte mein Wilhelm das ehemalige Kinderzimmer von unserem Berthold komplett mit seiner Spielzeugeisenbahn zugebaut. Ich habe das ja nie verstanden, aber mein Wilhelm hat ganze Tage und halbe Nächte an seiner „Anlage“ verbracht. Daran kann er sich auch noch bestens erinnern, wie ich merke. Denn andere Dinge vergisst er immer öfter. Wo er die Fernbedienung hingelegt hat, welcher Tag heute ist, was er vorhin zum Mittagessen auf dem Teller hatte. Aber wenn der Herr Florian kommt, beginnt mein Wilhelm zu strahlen und verwickelt ihn sofort in ein Gespräch über diese mickrigen Eisenbähnchen. Oft blättern die beiden rotbackig und ganz versunken in Katalogen mit Zubehör und dann muss ich den Herrn Florian schon gelegentlich daran erinnern, warum er überhaupt bei uns ist. Irgendwann beginne ich auch wieder darauf zu achten, dass ich nicht zu Hause bin, wenn der Herr Florian zu uns kommt. Ich störe da nur, denn wenn sie so bei ihrem Nachmittagskaffee dasitzen und glücklich über ihre Schmalspurträume reden, was soll ich dabei?

Mir ist aufgefallen, dass der Herr Florian sich immer wohler bei uns fühlt. Und mein Wilhelm lebt dermaßen auf, dass er viel munterer wirkt in letzter Zeit. Das sagt auch der Herr Doktor, der sogar glaubt, dass Wilhelms Herzprobleme sich gebessert haben. Ob er heimlich noch andere als die verschriebenen Mittel einnähme, will er gar wissen. Sowas!

Schon wieder trinken die beiden Kaffee und vergleichen irgendwelche Bauteile im Katalog. Ob er meinen Wilhelm wirklich so gern mag oder ob er auch nur wieder einer dieser Erbschleicher ist? Ich bekomme eine Gäsehaut bei den Gedanken, dass ich eigentlich niemandem mehr trauen kann hier in der „Sonnenweide". Zur Stärkung genehmige ich mir einen Cognac. Alle Flaschen nach dem Fräulein Sabrina habe ich im Badezimmerschrank hinter der Flasche mit dem Schaumbad deponiert. Da findet sie niemand. Als ich wieder ins Wohnzimmer komme, rutscht der Herr Florian gerade vom Sofa. Mein Wilhelm beugt sich über ihn und tätschelt ihm die Wangen. „Junge", ruft er, „Junge, was ist denn bloß los?" Dann steht er erstaunlich schnell auf und drückt auf den Notfallknopf, der in jedem Zimmer angebracht ist. Ich lehne still am Türrahmen und betrachte den jungen Herrn Florian. Merkwürdig, wie er da so hängt.

Eine Pflegerin und der Arzt der „Sonnenweide" knien neben dem Herrn Florian, der mittlerweile flach auf dem Boden liegt und sich nicht mehr rührt. Der Arzt nimmt uns Alte kaum zur Kenntnis und schimpft, dass es immer wieder dasselbe sei mit diesen jungen Leuten. „Riesige Pupillen, das können wir unter Drogentod verbuchen“, brummt er und winkt zwei Männer herein, die den Herrn Florian abtransportieren sollen. So aufgewühlt habe ich meinen Wilhelm seit Jahren nicht gesehen. Er hält den Doktor am Ärmel fest und jammert: „Dabei haben wir doch nur einen Kaffee mit Schuss getrunken, mehr nicht!“ Da lacht der Doktor leise und beruhigt ihn: „Nein, nein, das war nicht Ihr Kaffee, guter Mann, der Junge hatte garantiert ein ganz anderes Problem.“ Dann tätschelt er den Oberarm von meinem Wilhelm und geht. Wilhelm sinkt in seinen Fernsehsessel und stiert ausdruckslos auf den dunklen Bildschirm. Ich gehe zum Einbauschrank, strecke mich und taste hinter der Bettwäsche herum. Da ist eine Flasche! Ich angle sie hervor. Es ist nicht mehr viel darin. Ich hatte sie dort einfach vergessen!

Mein Wilhelm hat sich verändert, seit der Herr Florian plötzlich von uns gegangen ist und die Frau Malka uns versorgt. Er lebt auf. Aber das liegt nicht an der Frau Malka, die können wir beide nicht leiden. Er hat vielmehr ein ganz neues Ziel, das, mich zu ärgern, wo er nur kann. Und plötzlich ist er gar nicht mehr so weggetreten wie in den Monaten zuvor. Er versucht, mich quasi täglich zu einem Cognac oder einem Kaffee mit Schuss zu überreden. Ich trinke seitdem keinen Tropfen mehr, was sich leider auf meinen Kreislauf auswirkt. Mein Wilhelm macht auch öfter so komische Andeutungen, als wüsste ich ganz genau, warum wir jetzt die grantige Frau Malka geschickt bekommen. Und weil ich Angst habe, dass er wirklich etwas weiß und mir irgendwie etwas unterjubeln könnte, traue ich mich auch nicht mehr zu meinen Spaziergängen aus dem Haus, was meinen Kreislauf zusätzlich schwächt.

Es ist wieder Frühling und mein Wilhelm hat die Frau Malka gestern zum ersten Mal überredet, mit ihm einen Kaffee auf dem Balkon zu trinken. Dabei hat sie sogar gelacht und meinem Wilhelm die Hand getätschelt. Ich habe ihn nachher gefragt, warum er das tut, und er hat nur gesagt, dass wir sie schließlich beide nicht mögen. Dann hat er wieder den Fernseher eingeschaltet. Heute ist die Frau Malka nicht gekommen. Statt dessen kommt ein Herr von der Heimleitung. Er kündigt uns an, dass er die Polizei einschalten wird. Wir sollten uns auf keinen Fall beunruhigen, aber man müsse einfach ergründen, warum innerhalb eines Jahres schon die dritte Pflegekraft, die uns zuletzt besucht habe, ihr Leben aushauche. Das sehen wir ja auch ein. Mein Wilhelm sagt, dass ihm das sehr wichtig ist, denn er fühle sich ja selbst etwas unwohl bei dem Gedanken, was andere über uns denken mögen. Das Gespräch verläuft sehr angenehm und nach einem Kaffee schenkt mein Wilhelm auch noch einen guten Cognac ein. Er nippt nur an seinem Glas, aber der Herr von der Heimleitung kippt das ganze Glas auf Ex herunter.

Heute kommt auch der Herr von der Heimleitung nicht wieder. Statt dessen klopfen zwei Herren von der Polizei. Gar nicht in Uniform, sondern in Nietenhosen und reichlich zerknitterten Oberhemden ohne Krawatte. Sie durchsuchen unser Zimmer. Meine geheimen Vorräte im Bad gibt es schon lange nicht mehr, aber die Flasche im Wäscheschrank, die hat in letzter Zeit nur noch mein Wilhelm angerührt. Und die finden sie natürlich und nehmen sie mit.

Ich mache mir ernsthaft Sorgen um unseren Lebensabend. Vielleicht hätte ich die Schäkerei vom Fräulein Sabrina mit meinem Wilhelm einfach ertragen sollen. Nun aber hat die

Polizei die schreckliche Cognacflasche konfisziert. Wenigstens wird man nicht nur meine, sondern auch Wilhelms Fingerabdrücke darauf finden. Und zusammen sind wir viel zu alt, um ins Gefängnis gesperrt zu werden, da bin ich sicher.

Beinahe muss ich schüchtern kichern, als mein Wilhelm mich zum Kaffee auf den Balkon bittet. Einen Moment lang fühlt sich das an, als sei ich wieder siebzehn. Dabei wird es schon dunkel und ich muss meinem Wilhelm sagen, dass es für uns beide nicht gut ist, so spät noch Kaffee zu trinken, weil wir sonst nicht schlafen können. Aber er besteht darauf und ist ganz galant und führt mich sogar an den Platz und rückt mir den Stuhl zurecht. Nein, sowas! Als ich sitze, schaut mein Wilhelm mich ganz merkwürdig an. Er sagt, dass er sich ziemlich sicher ist, dass unsere Rente nicht reichen wird, um regelmäßig mit dem Taxi bis ins Gefängnis zu fahren. Als ich wissen will, wieso er da hin will, sagt er mir, dass er sich überlegt, ob er mich besuchen soll, dass das aber aus finanziellen Gründen nicht gehen wird. Ich stutze und überlege. Und, was solls schließlich, dann sage ich ihm, dass nur das Fräulein Sabrina und der Herr Florian auf mein Konto gehen und die Frau Malka und der Herr von der Heimleitung auf seines. Da lacht mein Wilhelm zum ersten Mal seit Wochen ganz laut auf. Er schüttelt den Kopf und fragt mich, ob ich denn gar nicht bemerkt habe, dass er die Cognacflasche immer nur mit einer Serviette angefasst hat. Wütend stehe ich auf und lehne mich ans Balkongeländer. Ich starre ins Schwarze, denn in Senioren-Wohnanlagen ist es abends immer früh dunkel. Dann steht mein Wilhelm hinter mir und flüstert, dass es natürlich immer noch einen Ausweg gebe. Ich will wissen, welchen, begreife aber gar nicht so genau, was er meint. Er faselt etwas von absoluter Verzweiflung, vermutlich Depressionen, vergeblichen Rettungsversuchen und meinen letzten Worten, die ich an ihn gerichtet hätte, von nicht zu ertragender Schuld und einem Schlussstrich. Dann spüre ich, wie er plötzlich meine Beine packt, und dann sehe ich nur noch das Balkongeländer falsch herum und von außen.

Nachtfahrt

„Kira, aus!“, befahl Wolf März. Der quirlige Rauhaardackel ließ tatsächlich von seiner Fundsache ab, sodass März sie begutachten konnte. Stirnrunzelnd stieß er das Ding mit der Schuhspitze an, um gleich darauf zurückzuschrecken. Nachdem er ein paarmal tief durchgeatmet hatte, fischte März sein Handy aus der Jackentasche und tippte die Notrufnummer ein.

„Ja, Polizei? Hier ist Wolf März, ich bin Jagdpächter in Osthofen, und ich habe gerade ... also ... vielmehr mein Hund ... also, ich weiß jetzt nicht, wie ich das sagen soll. Ich meine, ich glaube, ich habe ein Herz vor mir liegen. Vom Schwein vielleicht. Fein säuberlich rausgetrennt. Wer macht denn so was?“

Der Beamte der Wormser Polizeidirektion war nicht wirklich interessiert an möglicher Wilderei und so entschloss sich März, sein gut gebügeltes Taschentuch mit Monogramm zu zücken und das Herz mit nach Hause zu nehmen. Er zumindest wollte der Sache sehr wohl auf den Grund gehen.

Er wusste ganz genau, dass seine Frau einen anderen hatte. Seit Monaten schon. Anders wäre die übertriebene Fröhlichkeit nach zwanzig Ehejahren kaum zu erklären. Obendrein hatte sie sich ein neues Hobby zugelegt, das Radfahren, und strampelte wie von der Midlife-Crisis getrieben über die rheinhessischen Hügel, wann immer es ging. Sicher nicht allein, wie er vermutete, denn wozu hätte sie sonst all die überteuerten Kunststoff-Outfits gebraucht, die alle Radler dieser Welt wie eine Wursthaut einschlossen?

März zupfte vorsichtig an den Ecken seines Taschentuchs und legte das tote Organ frei. Unter dem Tisch rumorte der

Dackel unruhig, hatte er doch den guten Geruch gewittert.

„Iiih, was hast du denn da angeschleppt?“, schimpfte Eva März, als sie den Schuppen betrat, in dessen schummrigem Licht ihr Mann das Herz begutachtete.

„Es könnte vom Schwein sein“, brummte er. Eva besah sich den Klumpen genauer und sagte dann leise: „Aber ich hab auch mal gelesen, dass sich Schweine- und Menschenherzen sehr ähneln.“

Wolf blickte auf: „O Gott, meinst du wirklich?“

„Ich meine nicht, ich habs gelesen.“

„Ja, das kapier ich schon. Und wenn das hier nun ein menschliches Herz ist?“

„Geh rüber zur Anne, die wird schon wissen, was zu tun ist.“

Er hatte an Atropin gedacht, das Gift der Tollkirsche, an das er als passionierter Naturfreund bei seinen Streifzügen durch die Gemarkung leicht herankam. Später hatte er über ein stromführendes Kabel im Gartenteich nachgedacht und auch über Tabaksud im Rotwein, aber am Ende entschied er sich für die schlichte mechanische Methode. Auf dem Weg, den sie unweigerlich gen Heimat radeln würde, wollte er ein dünnes, aber effektives Drahtseil zwischen einem Schilderpfosten und einem Stamm im Gebüsch spannen. Man konnte es kaum sehen, wenn man flott unterwegs war, zumal es bereits zu dämmern begann. Selbst Fußgänger, vermutete er, wären in diese Falle gegangen. Zum Glück war niemand mehr unterwegs um diese Uhrzeit, so konnte er in aller Ruhe Höhe und Spannung regulieren.

„Ou, das weiß ich jetzt auch nicht so genau.“ Anne Mettenheimer kratzte sich ratlos am Kopf und starrte weiter auf das Herz auf der Werkbank ihres Nachbarn. „Und das hat einfach so im Wingert gelegen?“, fragte sie.

„Na ja, wo genau, das weiß ich nicht“, antwortete Wolf März. „Die Kira hats halt in den Fängen gehabt. Was weiß ich, wo sie das her hatte.“

„Und da haben wir gedacht, dass du da sicher weißt, was richtig ist“, ergänzte Eva März, die nicht zum ersten Mal froh war, eine leibhaftige Kriminaloberkommissarin als Nachbarin zu haben.

Noch einmal kratzte sich Anne Mettenheimer im kurzen, strubbeligen Blondhaar den Kopf. Dann sagte sie: „Also, ich halte das hier nicht für ein Schweineherz. Die sind größer, das hab ich mal bei einer Fortbildung gesehen.“

Eva März seufzte. „O je, also von einem Menschen?“

„Abwarten! Die Schweineherzen, die beispielsweise zur Transplantation benutzt werden, sind von Zwergschweinen, weil da die Größe in etwa stimmt. Das könnte es ja auch noch sein.“

„Kannst du das untersuchen lassen?“, fragte Wolf März vorsichtig.

„Mal sehen. Ich muss eh gleich los, packts mir mal in eine Tüte, dann guck ich, was sich machen lässt.“

Erleichtert blickten beide der Kommissarin nach, als sie mit einem Gefrierbeutel in der Hand den Hof verließ.

Es würde nicht mehr lange dauern. Angestrengt beobachtete er den Radweg und spannte das Seil an, als er ein leuchtend blaues Trikot nahen sah. Das Trikot des regionalen Fahrradclubs, das sie getragen hatte, als sie nach dem Mittagessen losgezogen war. Er schob sich vorsichtig in die Büsche zwischen Landstraße und Radweg, als der Radfahrer auch schon in voller Fahrt aus dem Sattel und auf den Asphalt schoss.

Endlich hatte er sie erwischt! Keine Bewegung, nicht mal mehr ein Ächzen! Vorsichtig löste er das Drahtseil und besah sich den Radler genauer. Um Gottes willen, das war gar nicht seine Frau! Das war der Alex, mit dem seine Gattin so oft durch die Lande getourt war und vermutlich noch weit mehr unternommen hatte. Alex war tot. Mausetot! Genickbruch, das konnte er anhand des unnatürlich verdrehten Kopfes sofort erkennen. Und seine Frau war noch nicht vorbei gekommen, nahte aber sicher unaufhaltsam.

Anne Mettenheimer griff erneut zum Telefonhörer, nachdem sie mit dem zuständigen Rechtsmediziner gesprochen hatte.

„Wolf, ich bins, Anne. Hör zu, ihr hattet recht mit eurem Verdacht: Es ist ein menschliches Herz. Die Spurensicherung war gestern schon rund um den Fundort unterwegs, aber außer ein paar Blutspuren hat sie nichts gefunden."

„Und jetzt?", fragte März atemlos.

„Wir durchforsten gerade die Vermisstendatei, doch es sieht nicht so aus, als sei etwas Passendes dabei. Aber sag mal, Wolf: Ihr habt das Ohr doch immer nah am Ortsgeschehen, habt ihr nicht etwas gehört?"

„Leider nicht. Aber ich frag die Eva nachher noch mal. Vielleicht weiß die etwas."

Es war schon recht dunkel, bis er Alex ins Gebüsch am Rand des nächsten Ackers gezerrt hatte. Hier im erfreulich krümelig-lockeren Ackerboden würde er nachher ein Grab ausheben. Na gut, beim Alex war sie also schon mal nicht, sagte er sich. Dann konnte er sich so langsam genauer ausmalen, wer weiterhin zur Debatte stand. Sollte sie ruhig noch ein bisschen dort bleiben, er brauchte ohnehin Zeit. Allerdings senkte sich die Nacht mittlerweile dermaßen schwarz, dass er befürchten musste, sie würde sich abholen lassen, anstatt mit dem Rad durchs Dunkel zu fahren.

Das Gelände war weiträumig mit Spürhunden abgesucht worden. Offensichtlich nicht weiträumig genug, denn missmutig nahm Anne Mettenheimer zur Kenntnis, dass nichts gefunden worden war. Absolut nichts. Dafür rief am späten Nachmittag Eva März im Kommissariat an.

„Du, Anne, ich hab da was gehört."

„Ja?"

„Die Frau vom Border ist weg."

„Sagt mir nichts."

„Komm, du kennst doch Borders, die wohnen schließlich mitten an der Hauptstraße. Er ist Professor oder so und sie, tja, ob die auch was Gescheites schafft, weiß man ja nicht. Jedenfalls ist sie seit ein paar Tagen schon nicht mehr gesehen worden und der Border sagt, sie sei zu ihrer Mutter gefahren. Ich kann da schnell mal anrufen, wenn du ..."

„Halt, stopp, Eva! Das ist mein Job!", protestierte Anne Mettenheimer lachend.

„Jaja, stimmt auch wieder. Die Mutter heißt Lieberer, glaube ich. Auf jeden Fall wohnt sie in Südhessen irgendwo."

„Das kriege ich schon raus, Eva. Einstweilen vielen Dank und ich melde mich, wenns was Neues gibt."

„Ja, das mach aber auch!"

„Versprochen!"

Na also, dachte sich Kommissarin Mettenheimer zufrieden, es war doch noch Verlass auf den Dorftratsch.

Es wurde langsam kühl, aber er durfte sich die Gelegenheit nicht entgehen lassen. Vielleicht nur noch ein paar Minuten, dann würde auch sie hier über den Draht schießen und ihr Leben aushauchen. Sorgfältig hatte er das Drahtseil eben wieder gespannt, als seine Frau aus dem Dunkel auftauchte und ihr Rad mit voller Wucht vom Draht gebremst wurde.

„Frau Lieberer? Mettenheimer hier, von der Kriminalpolizei in Worms. Bitte kriegen Sie jetzt keinen Schrecken, aber können Sie mir sagen, ob Ihre Tochter gerade bei Ihnen ist?"

„Welche?", antwortete die alte Dame am anderen Ende der Leitung. „Ich habe mehrere."

„Ich meine die aus Osthofen."

„Ach so, die. Nein, die habe ich schon seit meinem Geburtstag im Juni nicht mehr gesehen, die fährt ja nur noch Fahrrad. Sonst interessiert die sich für nichts mehr, das sagt auch ihr Mann, und der ist ja sehr gebildet, sogar ein Professor. Wissen Sie, der hat ja letztes Jahr ..."

„Vielen Dank, Frau Lieberer", unterbrach die Kommissarin den Wortschwall abrupt. „Sie haben mir sehr geholfen. Ich sage Ihnen Bescheid, wenn es Neuigkeiten geben sollte."

„Neuigkeiten? Wieso denn? Ist etwas passiert?"

„Na ja, Ihr Schwiegersohn berichtet, Ihre Tochter sei zu Ihnen gefahren."

„Ach so, das hat sie schon öfter behauptet, dass sie zu mir gefahren wäre, dabei war sie bei irgendeinem Kerl. Ich sags Ihnen, das ist auch nicht leicht als Mutter, so was mitzumachen. Dabei ist der Herr Professor ein richtig Netter!"

Ein Ruck riss sie vom Rad. Sie flog und landete rutschend auf dem Weg. Im ersten Moment überwog der Schock, sodass sie nicht einmal Schmerzen spürte. Im nächsten Moment schon beugte ihr Mann sich über ihr Gesicht. Wo kam er so plötzlich her? War das ein Trugbild? Vorsichtig hob er ihren Kopf an und bettete ihn auf seinem Schoß.

„Schade, deine Landung war nicht perfekt", meinte er.

Sie begriff trotz jetzt rasender Schmerzen und der Panik. Sie merkte, dass sie aus Mund und Nase heftig blutete.

„Warum?", stöhnte sie noch.

Ihren allerletzten, fragenden Blick konnte er im Dunkel nicht mehr sehen, aber es hätte auch nichts daran geändert, dass sie jetzt weg musste.

Professor Border blieb dabei: Seine Frau habe ihm lediglich mitgeteilt, dass sie ihre Mutter für einige Tage besuchen wolle. Falls sie nicht angekommen sei, mache er sich jetzt aber doch ernsthaft Sorgen, gestand er noch.

„Telefonieren Sie denn nicht miteinander?", fragte ihn Anne Mettenheimer verwundert.

„Nein, wieso denn? Wenn etwas passiert wäre, hätte sich doch sicher eine Klinik oder die Polizei gemeldet, also bin ich davon ausgegangen, dass alles wie geplant abgelaufen ist."

Alex passte nicht einfach so in die Grube. Er musste ihn ziemlich verbiegen. Seine Gattin im Partnerlook ließ er einfach auf den Trainingskollegen fallen. Da lag sie nun auf diesem fremden Typen. Für immer. Sie hatte doch nichts anderes gewollt, oder? Er fand es übrigens äußerst praktisch, dass sie dermaßen heftig gestürzt war. So stand seinem Vorhaben auch nicht eine einzige Rippe im Wege. Vorsichtig schnitt er ihren Brustkorb auf und schob die zertrümmerten Knochen beiseite. Dann trennte er das noch warme Herz heraus und legte es in eine Einkaufstüte vom Supermarkt. Ein Herz hatte sie nämlich schon lange nicht mehr gehabt. Und genau deshalb wollte er es aufheben.

Der Professor stimmte einer Hausdurchsuchung problemlos zu, denn schließlich machte er sich ja auch Sorgen um seine Gattin. Womöglich sei ihr doch etwas passiert. Nein, dass ihr Wagen in der Scheune des uralten Anwesens stand, verwunderte ihn nun nicht, denn sie sei oft mit der Bahn zu ihrer Mutter gefahren. Allerdings bemerkte die Kommissarin, dass sich im Schrank der Vermissten jede Menge Fahrrad-Outfits befanden, jedoch nur ein altes Hollandrad in der Scheune lehnte.

„Stimmt, ihr Rennrad ist weg!", bestätigte Professor Border knapp. Dann sprach er von der großen Leidenschaft seiner Frau, die längst alle Hügel Rheinhessens mit dem Rad bezwungen habe. „Aber ich habe keine Ahnung, warum sie diesmal mit dem Rad zu ihrer Mutter wollte", meinte Border schulterzuckend.

Umsichtig schaufelte er Erde auf die beiden und freute sich, dass es leicht zu regnen begann. Niemand würde morgen früh noch merken, dass hier jemand gegraben hatte. Er rollte den Draht zusammen und steckte ihn in seine Jackentasche.

„Herr Professor, wir haben bei der Hausdurchsuchung Blutspuren an Ihrer Kleidung im Wäschekorb gefunden. Es ist nachweislich das Blut Ihrer Frau."

„Ach!"

„Mehr haben Sie dazu nicht zu sagen?"

„Ich kann mir das nicht erklären."

„Wirklich nicht?"

„Aber wenn ichs Ihnen doch sage!"

„Okay, dann etwas konkreter: Wir nehmen Sie jetzt mit aufs Kommissariat, weil wir auch an Ihrem Klappspaten Blut gefunden haben. Reicht das?"

„Sie hatte kein Herz, meine Frau!“, sagte Border unvermittelt.

Kommissarin Mettenheimer seufzte: „Ach bitte, Herr Border! Jeder Mensch hat eins, nur schlug das Ihrer Gattin vielleicht nicht mehr für Sie.“

„Ich wollte es eben ganz allein besitzen. So, wie sie mir das bei der Hochzeit versprochen hatte. Nun denn ...“

Dann streckte der Professor seine Handgelenke nach vorn, weil er Handschellen erwartete, und ließ sich widerstandslos abführen.

Die beiden ramponierten Rennräder lehnte er in einer Feldholzinsel nahebei an einen der Bäume mitten im Gebüsch. Schade eigentlich, dass diese teuren Carbon-Dinger nicht einfach wegrosten konnten.

Mit dem Plastikbeutel und dem Spaten in der Hand wanderte er entspannt durch die nächtlichen Weinberge. Es roch nach Regen und Erde. Diese dunkle Schönheit genossen viel zu wenig Menschen, befand er. Obwohl es ihm gerade heute auch nicht ganz unrecht war, dass ihm niemand begegnete.

Als er zu Hause ankam und in den Beutel sah, blieb ihm vor Schreck beinahe selbst das Herz stehen: Die Tüte war gerissen!

Das Quitten-Piffche*

Ich habe nie geglaubt, dass es intelligentes Leben außerhalb der Erde gibt. An Gott glaube ich ebenfalls nicht, obwohl ich ihn schon oft angerufen habe, er möge mir meine Last nehmen. Aber seit ich mit ansehen konnte, wie alle meine Probleme gelöst wurden, bin ich überzeugt: Wir sind nicht allein im Weltall!

Ich habe immer davon geträumt, Sie nicht auch? Dass Ihr Mann einfach so verschwindet, dass er sich in Luft auflöst, dass alle Ihre Sorgen schrumpfen? Ich hätte nie gedacht, dass so ein Wunsch Wirklichkeit werden könnte. Und dass ich mir dabei gar nicht einmal die Finger schmutzig machen müsste.

Wie das so ist mit den Ehemännern: Nach einigen Jahren wird einem klar, dass er sich eben nicht erziehen lässt und dass man ihm die kleinen Macken nicht abgewöhnen kann, womit man vor der Hochzeit im Kreis der Freundinnen noch ganz locker angegeben hatte. Im Gegenteil: Sämtliche Marotten prägen sich mit den Jahren aus, verfestigen sich, nerven umso mehr. Aber dann sitzt man in der Regel da, hat den Job aufgegeben, zwei bis vier Kinder am Bein und ein längst nicht abbezahltes Eigenheim zu unterhalten. Da kann man dann nicht raus. Und wenn erst die Kinder aus dem Haus sind, dann zieht man höchstens in eines der Kinderzimmer, um seinem Schnarchkonzert oder gelegentlichen nächtlichen Übergriffen zu entfliehen. Aber scheiden lässt man sich dann nicht mehr. Dann lohnt es sich ja auch schon nicht mehr. Dann hofft man nur noch darauf, dass die sech-

* Piffche = rheinhessische Maßeinheit für 0,1 l Wein

zig Prozent der Rente ausreichen mögen, sollte er, so Gott gnädig wäre, früher abtreten als man selbst.

Es fing damit an, dass ich einen fürchterlichen Albtraum hatte. Ich stand an einem späten Abend im Hochsommer am Küchenfenster und sah in den Garten hinaus. Plötzlich bemerkte ich, wie sich der eben noch samtig dunkelblau schimmernde Himmel verdunkelte, ja, rabenschwarz wurde. Aber nur über unserem Garten. Außerhalb davon war nach wie vor der immer noch sanft leuchtende Juli-Himmel zu erkennen. Etwas Riesiges, Schwebendes senkte sich über meinen Obstbäumen, meinem Gemüsegarten und meinem Rosenbeet hernieder. Plötzlich schien ein leuchtend grüner Lichtstrahl aus dem schwarzen Ding und setzte meinen Quittenbaum in einen grellen Kegel aus Türkis. Ich vergaß vor Überraschung oder Entsetzen, das weiß ich nicht mehr, wahrzunehmen, wie lange das Licht auf dem Baum verharrte. Es können Sekunden, mögen aber auch Minuten gewesen sein. Jedenfalls war ich nicht in der Lage, mich zu rühren. Ebenso plötzlich, wie die Erscheinung aufgetaucht war, verschwand sie auch wieder: Das grüne Licht erlosch und der schwarze Schatten über dem Garten erhob sich und glitt lautlos über die Nachbarhäuser hinweg, bis er irgendwann ganz außer Sicht geriet.

Schweißgebadet wachte ich auf. Mein Mann schnarchte neben mir und ich verfluchte wieder einmal die Tatsache, dass meine Wechseljahrsbeschwerden mich nicht nur tagsüber beschäftigten, sondern mir auch den Nachtschlaf raubten und mich die Bettwäsche regelmäßig nassschwitzen ließen. Dass nun aber auch noch Albträume dazukommen sollten, nein, vielen Dank!

In den nächsten Wochen stand ich abends oft am Küchenfenster und sah gedankenverloren in den Garten hinaus.

Aber es war ja nur ein Traum gewesen, dieses faszinierende Leuchten über meinem Quittenbaum.

Was beileibe kein Traum war, war das Zusammenleben mit meinem Mann. Starrsinnig war er schon immer gewesen, aber in letzter Zeit glaubte ich zusätzlich Anzeichen von echtem Verfall bei ihm auszumachen. Möglicherweise hatte das mit seinem Alkoholkonsum zu tun. Wir Rheinhessen sind in dieser Beziehung ja durch die Bank ganz gut geeicht, aber mein holder Gatte hatte seit seiner Frühpensionierung einfach immer einen Schluck mehr als andere Leute in sich hineingekippt und brauchte mittlerweile ein recht ordentliches Maß an Hochprozentigem, um seinen Pegel zu halten. Natürlich schnarchte er dann nachts umso lauter, natürlich hatte er des Morgens stets einen umso dickeren Schädel. Dickköpfig richtete er unsere Tage nach seinem Gusto aus und erwartete von mir, dass ich ihm klaglos assistierte, indem ich zur rechten Zeit das rechte Essen auftischte, außerdem seine Wäsche wusch, das Haus putzte, den Garten im Griff hatte und andere Kleinigkeiten bewältigte. Dabei war ich ja noch berufstätig. Mit halber Stelle zwar nur, aber wenn ich mittags aus dem Büro nach Hause kam, saß mein Mann meist zeitungslesend im Wohnzimmer, wo er neuerdings sogar zu rauchen pflegte, und gab mir bekannt, wo er seinen Nachmittag zu verbringen gedenke, was im Haus noch alles zu tun sei und welche Einkäufe ich unbedingt zu erledigen hätte.

Manchmal ertappte ich mich dabei, wie ich nicht nur abends am Küchenfenster den Gedanken hatte, dass das fliegende Ding aus meinem Traum meinen Angetrauten doch einfach hätte mitnehmen sollen.

Als der Bedarf an Alkoholischem dermaßen gestiegen war, dass er sogar im Gartenschuppen und auf dem Dachboden Depots angelegt hatte, damit ich mich nicht mehr über seine Sauferei in meiner Gegenwart beschweren konnte, kam mein Mann sogar auf die Idee, selbst Schnaps zu brennen. Zum ersten Mal seit Jahren blühte er regelrecht auf, als er sich schlau machte, wie man aus unseren Äpfeln einen guten Obstbrand hinbekäme. Eines Tages kam ich von der Arbeit nach Hause und er saß zusammengesunken wie ein Häuflein Elend am Küchentisch, eine Kippe schaukelte bedenklich auf seiner hängenden Unterlippe und er jammerte statt einer Begrüßung, dass alles vergebens gewesen sei: Wenn er legitim brennen oder brennen lassen wolle, koste das sogar mehr Geld als fertiger Schnaps aus dem Supermarkt. Ich konnte ihn nicht wirklich bedauern.

Einige Zeit später war ihm eines der Bücher aus meinem Küchenregal in die Hände gefallen: Liköre selbst gemacht, ein praktisches Werk aus einem landwirtschaftlichen Verlag, das er mit großer Aufmerksamkeit studierte. Aufgesetzte Liköre sind leicht herzustellen, aber auch dafür braucht man erst einmal Schnaps. Mein Mann hatte das verstanden, denn er kam tags darauf mit einer ganzen Kiste Doppelkorn aus dem Discounter zurück. Aber anstatt ihn gleich und pur zu trinken, hatte er sich doch eine gewisse Veredelung durch Obst aus meinem Garten vorgenommen.

Mein Quittengelee genießt einen legendären Ruf beim Herbstmarkt der Landfrauen, aber in diesem Jahr kam ich zu spät zur Ernte, weil sämtliche der dunkelgelben Früchte zerschnippelt, akribisch qualitätskontrolliert und sortiert in einem gläsernen Behältnis landeten, um gleich darauf mit Kandiszucker bestreut und hochprozentigem Alkohol übergossen zu werden.

Er hatte mich nicht einmal gefragt und er wusste doch um meinen Stolz auf die Ernte von genau diesem Bäumchen. Ich hätte ihn umbringen können!

Das aber erwies sich bald als unnötig: Als der Quittenlikör in Dutzenden von Flaschen fertig abgefüllt im Keller lagerte, hatte mein Mann also immer genug zu trinken im Haus. Eine Flasche täglich, und das vor seinem regelmäßigen Ausflug in eine der örtlichen Straußwirtschaften, das wurde sein festes Pensum.

Dass sich etwas an ihm verändert hatte, fiel mir erstmals um den ersten Advent herum auf. Er krempelte nun die Ärmel seiner Hemden auf, da sie urplötzlich zu lang zu sein schienen. Kurz darauf schlappte er aus seinen Schuhen heraus, weil sie sich wohl dermaßen geweitet hatten, dass er keinen Halt mehr in ihnen fand. Also gingen wir neue Schuhe kaufen und im Laden zeigte sich dann das tatsächliche Ausmaß seines Problems: Mein Mann musste sich zwei Nummern kleiner als jahrzehntelang vorher umsehen! Als er dann endlich die neuen Treter an den Füßen trug, bemerkte ich, dass seine Hose nicht nur bis auf die Schuhe fiel, sondern an der Ferse bereits deutlich auf dem Boden schleifte. Ich musste ihn unbedingt zu einem Arzt schicken! Dass man mit den Jahren nach und nach krummer ging und die Wirbelsäule etwas in sich zusammensackte, war ja bekannt, aber in so kurzem Zeitraum so stark, das gab mir doch zu denken. Ich sprach meinen Mann auf dem Heimweg darauf an, aber er brummte nur, dass ich mich da raushalten solle, mit ihm sei alles in Ordnung. Natürlich hatte er einen Schrecken bekommen! Man selbst hat ja meist erst einmal nur eine vage Vermutung, aber wenn einen dann die Mitmenschen mit klaren Beobachtungen darauf ansprechen, wirkt die Erkenntnis doch jedes Mal wie ein Schock. Ebenso natürlich war, dass mein Gatte sich zu Hause zuerst in den Keller begab, um eine neue Flasche des Quittenlikörs zu öffnen und gleich ein Piffche herunterzustürzen.

Unser Alltag verlief ruhig, auch wenn ich mir im Geheimen Sorgen um meinen Mann machte. So sehr er auch nerven mochte, aber das tatenlose Zusehen fiel mir schwer. Wenn er nur einmal gesagt hätte, was mit ihm los war, ob er schon einmal bei einem Arzt gewesen war oder ob er sich irgendwie helfen lassen wollte! Aber wie Männer so sind, er schwieg sich aus und gab sich weiter der Quitte hin.

Zu Weihnachten nahm mich meine Tochter beiseite und fragte mich flüsternd, was mit dem Vater los sei, er sei ja nur noch ein Schatten seiner selbst. Ich widersprach, denn Schatten können je nach Sonnenstand auch sehr groß sein, und in unserem Fall hatten wir es eindeutig mit stetigem Schrumpfen zu tun: In seinen Feiertagsanzug passte mein Mann nämlich absolut nicht mehr. Er hatte ihn wohl aus einer gewissen Ahnung heraus eine Woche vor dem Fest anprobiert und festgestellt, dass er unbedingt geändert werden müsse. Ich brachte den guten Nadelstreifenanzug also zum Schneider und ließ ihn kürzen und mit Abnähern versehen. Ich hatte das Gefühl, dass mein Mann mir kaum mehr bis zur Schulter reichte in diesen Tagen. Aber eigentlich kam er mir zum exakten Feststellen dieser Vermutung schon lange nicht mehr nah genug.

Am Weihnachtsabend war der Anzug schon wieder zu groß. Wie ein Konfirmand hing mein Gatte in seinem Sakko, doch war es wahrlich nicht auf Zuwachs gekauft worden, sondern passte aus genau umgekehrten Gründen nicht. Hosenträger benötigte er obendrein, um nicht bei der Bescherung ohne Hosen dazustehen. Ich wusste meiner Tochter also auch nicht wirklich Beruhigendes zu berichten, außer, dass ihr Vater immer weniger wurde und mich das erstaunlich wenig berührte. Ich versuchte, ihr zu erklären, wie anstrengend das Zusammenleben in den letzten Jahren geworden war und dass ein Weniger an Mann bestimmt auch ein Weniger an Ärger bedeuten würde und dass ich damit mittlerweile bestens leben könne. Entsetzt sah sie mich an und fragte, warum ich denn nie etwas gesagt oder mich gar getrennt habe. Andererseits verstand sie kurz darauf auch meine Beweggründe, alles einfach abzuwarten. Schließlich hatte auch sie eine Phase gehabt, in der sie an jedem zweiten Tag durchs Haus gebrüllt hatte, sie werde ihren Erzeuger umbringen, weil er ihr den abendlichen Ausgang beschränken wollte, das Auto nicht auslieh oder die geplante Party missbilligte.

Weihnachtlich harmonisch verschworen und breit grinsend betraten wir nach unserem Gespräch wieder das Wohnzimmer und mussten uns bemühen, nicht allzu oft den Blick auf der merkwürdig verkleinerten Gestalt unseres Mannes und Vaters ruhen zu lassen.

Seine Kneipenbesuche begann mein Gatte deutlich zu reduzieren, nachdem ihm auf einem der Winzerhöfe der Spitzname „Piffche“ angehängt worden war. Nicht, dass er sich nur mit einem so kleinen Schlückchen Wein begnügt hätte, nein, er wurde so genannt, weil auch seine Zechkumpanen bemerkt hatten, dass er geschrumpft war. Kein stattliches Viertel mehr, sondern nur noch weniger als die Hälfte davon, eines dieser kaum gefüllten Gläser, das man in Rheinhessen nur noch trinkt, um einen halbwegs aufrechten Abschluss zu finden.

Manche Nachbarn reagierten ebenfalls erstaunlich auf die „Krankheit" meines Mannes: Das Getratsche kannte keine Grenzen. Aber da ich mir nichts vorzuwerfen hatte, hörte ich nicht hin. Er schon und eines Tages überraschte er mich, als er mich bat, ihn nach Mainz in die Uniklinik zu fahren, wo er einen Termin bei einem Spezialisten für Wachstumsprobleme habe. Der Leidensdruck hatte also zugenommen! Mein Mann, der jetzt offiziell nicht einmal mehr ohne Sitzerhöhung als Beifahrer im Auto hätte sitzen dürfen, sprach nur das Nötigste mit mir und ließ mich einfach stehen, als wir in der Klinik den richtigen Flur erreicht hatten und er in die Sprechstunde des Professors gerufen wurde. Ich wartete draußen und war gespannt auf die Ergebnisse. Ich wusste zwar nicht, wie man die Krankheit nannte, die mein Mann da hatte, aber ich wusste sehr wohl, dass ich absolut nichts tun müsste, wenn sich ihr Verlauf nicht gravierend änderte. Aber den Auslöser für sein Problem, den hätte ich doch allzu gern gewusst!

Natürlich verriet er mir kein Sterbenswort über das Gespräch mit dem Arzt. Ich sah, dass man ihm Blut abgenommen hatte, aber mehr erfuhr ich nicht.

Zu Hause stürzte er sich sofort wieder auf seinen Quittenlikör und ließ mich links liegen.

Wochen später, mein Mann war gerade noch so groß wie das sechsjährige Nachbarskind, klingelte plötzlich die Polizei an unserem Hoftor. Zum Glück in Zivil. Ich wurde gefragt, was ich dazu zu sagen habe, dass eine Anzeige gegen mich wegen versuchter Tötung vorliege. Ich fiel aus allen Wolken und hatte keine Ahnung, wer etwas gegen mich haben könne, als mir die Beamten offenbarten, dass mich mein eigener Ehemann angezeigt habe. Er habe Angst, dass er bald tot sei, denn schließlich nehme er seit einiger Zeit ohne erkennbaren Grund drastisch ab, und auch die Spezialisten in Mainz fänden keinen plausiblen Grund dafür. Also müsse es wohl an der Nahrung liegen. Oft genug würde ich ja auch andere Dinge essen als er, wussten die Polizisten zu berichten. Das stimmte, aber warum sollte ich auf Lachs und Spargel verzichten, nur weil er ewig auf Gerichten wie fetter Winzerpastete oder Speckkuchen bestand? Das sah auch die Kripo ein. Ich ließ jedoch nebenbei noch fallen, dass mein Mann ja doch ein arger Trinker und daher oft nicht zurechnungsfähig sei, weshalb man sich schließlich bei mir für die Störung entschuldigte und von dannen zog. Und mein Mann zog sich immer noch weiter zurück. Möglich, dass er tatsächlich Angst vor mir bekam, aber er war ja auch nur noch halb so groß wie ich.

Ich versorgte ihn dennoch weiter. Auf den Flohmärkten der umliegenden Kindergärten kaufte ich passende Kleidergrößen ein, doch schließlich stieg ich auf den Dachboden, um in den alten Spielzeugkisten unserer Kinder nach Puppenkleidung zu suchen. Es war gar nicht so einfach, einigermaßen männlich aussehende Stücke darunter zu finden, zumal auch die Kleider von Barbies Ken für einen großen, schlanken Puppenfreund und nicht für ein kleines, knorriges Männlein geschnitten waren. In den Keller schaffte es mein Mann längst nicht mehr, doch ich holte ihm die Likörflaschen nach und nach hoch, öffnete sie und steckte einen dieser bunten Strohhalme mit Gelenk hinein, damit er sein Lieblingsgetränk besser erreichen konnte. Sollte er doch noch ein bisschen Spaß haben!

Im Juli, ziemlich genau ein Jahr nach meinem schlimmen Albtraum, konnte ich meinen Gatten dann nur noch mit großer Anstrengung sehen, so winzig war er geworden. Oft konnte ich nicht sagen, wo er gerade steckte, um dann erschrocken festzustellen, dass ich ihn im Flur beinahe zertreten hätte. Welche Kleidung er trug, konnte ich nicht mehr sehen, und verstehen konnte ich ihn auch nicht mehr. Sein zartes Stimmchen drang einfach nicht mehr bis zu meinen Ohren durch. Immerhin hatte ich ihn am Nachmittag zuletzt in der Nähe des Quittenbaums wandern sehen.

Am Abend stand ich wieder einmal am Küchenfenster und blickte in den dunklen Garten hinaus. Die Dämmerung hatte sich eben über die Obstbäume gelegt. Mein Mann war vermutlich noch dort draußen. Der Weg zurück war für ihn ja endlos weit. Und ich schwöre, unter dem Quittenbaum war ein ganz schwaches, türkisgrünes Leuchten zu erkennen!

Mein Mann blieb verschwunden und ich wusste nicht, wie ich das meiner Umwelt erklären sollte. Also stieg ich in den Keller hinab und holte mir zum Trost die letzte Flasche des Quittenlikörs hoch, die ich in wenigen Tagen leerte. Am Ende der Woche hatte ich das Gefühl, als schlottere der Hauskittel um meinen Körper und als sei er auf wundersame Weise deutlich länger geworden.

MINUTENKRIMIS*

Morgen in Alzey

Morgen in Alzey – das wird nicht mehr so sein wie gestern. Weil ich heute da war. Bei ihm. Er hat mich genervt, und diesmal habe ich einfach sein Brotmesser genommen und seine Kehle durchtrennt. Ihn habe ich liegen gelassen, aber das Messer habe ich gut abgewischt am Schloss eine dunkle Treppe hinunter geworfen, damit es so schnell keiner findet. Dabei hat mich einer gesehen. Den habe ich einfach hinterher geschubst. Mit seiner Frau habe ich dann Probleme bekommen. Erst fand sie es gut, was ich getan habe, und hat mich zum Dank auf einen Wein eingeladen. Dann hat sie losgeheult, also musste ich ihr meine K.O.-Tropfen einflößen und gehen, bevor ihr Zustand auffallen konnte. Auf dem Parkplatz pöbelte mich ein Betrunkener an, ein hübscher Jüngling, wie schade, den musste ich erwürgen und ins Gebüsch legen. Als ich gerade mein Auto aufschließen wollte, sprach mich ein alter Mann an, dass es verboten sei, Müll abzuladen. Nicht zu fassen – hielt der den Jungen für Müll! Er hatte also wohl nicht zu viel gesehen und konnte mich bestimmt auch nicht richtig erkennen, also habe ich ihn einfach umgefahren. Endlich war der Weg nach Hause frei, obwohl mir Alzey richtig gut gefallen hat, eine schöne Stadt. Aber irgendwie habe ich das Gefühl, dass morgen in Alzey alles anders sein wird.

* Zum Krimifestival der Autorengruppe Mörderisches Rheinhessen werden seit 2011 von allen beteiligten Autoren Kürzestkrimis verfasst, die innerhalb einer Minute vorgetragen werden können. Der Titel bezieht sich immer auf den Austragungsort des Festivals und lautet für alle Autoren gleich.

Letzte Ausfahrt Nieder-Olm

Mario hatte seinen Freiwilligendienst eigentlich nur angetreten, weil ihm nach der Schule nichts Besseres eingefallen war. Und nun schob er hier täglich die Omas und Opas durch die Stadt. Meistens noch die, die sowieso schon nichts mehr sagen konnten. Obwohl die, die noch sprachen, auch kaum besser waren. Erzählten dauernd vom Krieg, die ganz Alten. Da wurde die Runde durch den Ort ewig lang. Montags und mittwochs war der alte Weber dran. „Jungchen, nicht so flott, ich will ja was von meiner Ausfahrt haben!", zeterte er immer. Jede Woche wieder. Und dann beim Eis-Dolomiti halten. Und am Lotto-Laden. Und rein in den Kiosk, einen Flachmann kaufen. Und bei der Zeitung den Aushang angucken, ob der FSV Punkte geholt hatte. Und dann die ewig gleichen Geschichten von früher, das nervte vielleicht! Immer nur Hitlerjugend, Fronteinsatz, Russland, Gefangenschaft, „Habtihrsgutheute, Jungchen". Mario hätte ihn umbringen können, den alten Weber.

Letzten Mittwoch hat er ihn einfach mal aus Nieder-Olm raus gefahren, bis zur Autobahnauffahrt. Dort, im Grünzeug in der Schleife zur A 63, hatte er ihn stehen gelassen. Vergessen. Hinter einem blickdichten Gebüsch weitab von der Straße. Der alte Weber hatte noch ein Viertelstündchen rumkrakeelt, dann aber Ruhe gegeben: Erst hatte sich der ganze Weber verkrampft, dann war sein Kopf zur Seite gefallen, einfach so.

Letzte Ausfahrt Nieder-Olm, dachte sich Mario und überlegte, wann sie ihn wohl abholen oder festnehmen würden. Im Heim hatte er dann wahrheitsgemäß erzählt, er habe den alten Weber vergessen. Irgendwo, er könne sich nicht erinnern. Weit in Richtung Zornheim seien sie gewesen, glaube er. Sorry, totaler Blackout.

Advent in Ober-Hilbersheim

Er war fast fertig. Wie in jedem Jahr probierte Manni Wagner in den Tagen vorher sein Kostüm mehrfach an, um nicht nur mit dem Text Routine zu bekommen für seine Rolle beim Ober-Hilbersheimer Märchen-Weihnachtsmarkt im Advent. Diesmal würden sie das tapfere Schneiderlein geben, und er hatte erneut die Hauptrolle ergattert. Sehr zum Missfallen seines ewigen Konkurrenten Siggi Waldmann, der mal wieder den Kürzeren gezogen hatte. Auch wie immer. Und wie schon damals, als beide um die Ilona geworben hatten, mit der Manni seit nunmehr 35 Jahren verheiratet war.

Eitel betrachtete sich das tapfere Schneiderlein von allen Seiten im Spiegel: Wie gut die eng anliegenden Hosen die straffen Oberschenkel zur Geltung brachten! Wie deutlich sich die gestählte Bauchmuskulatur auch unter dem Hemd noch erkennen ließ! Wie dicht und frei von grauen Strähnen der dunkelbraune Schopf unter dem Filzhut hervorlugte! Manni Wagner schnappte sich eine spitze Schneiderschere und fuchtelte ein paarmal damit durch die Luft. „Sieben auf einen Streich!“, rief er völlig unpassend dazu. Auf einmal bemerkte er im Spiegel, dass er nicht allein war, dann wurde es Nacht um ihn herum.

Den Filzhut hatte man ihm komplett über den Kopf gezogen, sodass er keine Luft mehr bekam. Manni wehrte sich, aber trotz allen Gezappels kam er nicht frei und rang verzweifelt um Atem. Nun kam er ins Straucheln und stürzte vornüber, die Schneiderschere immer noch vor dem Bauch. Gleich darauf im Bauch.

Fünf Minuten später nahm sich Siggi Waldmann den Filzhut und das Textbuch mit und setzte sich zu Ilona auf einen Glühwein. Schließlich war morgen schon Advent in Ober-Hilbersheim!

Antje Fries

geboren im schleswig-holsteinischen Flensburg, eingeschult im bayrischen Groß-Welzheim, mit Abitur ausgeschult im hessischen Gernsheim. Studium der Germanistik und Anglistik, später Lehramt an Grund- und Hauptschulen, beides in Baden-Württemberg. Derzeit an einem außerschulischen Lernort in Rheinland-Pfalz tätig. Schreibt Kriminalromane, Kinderbücher und Lehrerbücher und liefert Beiträge zu Lyrik-, Mundart-, und Krimi-Anthologien. Gehört den Mörderischen Schwestern und dem Mörderischen Rheinhessen an. www.antjefries.de

Im Leinpfad Verlag sind alle Mettenheimer-Krimis von Antje Fries erschienen:

Stille Wasser mahlen langsam. 2. Auflage
ISBN 978-3-937782-28-7, 208 Seiten, Broschur, 9,90 €
Kaltgestellt oder: Die Rechte des Fälschers
ISBN 3-937782-43-5, Broschur, 252 Seiten, 10,90 €
Knielings Garten oder: Gegen jeden ist ein Kraut gewachsen
ISBN 978-3-937782-69-0, Broschur, 240 Seiten, 10,90 €
Kleine Schwestern
ISBN 978-3-937782-81-2, Broschur, 188 Seiten, 9,90 €
Nibelungen-Tod
ISBN 978-3-937782-97-3, Broschur, 256 Seiten, 10,90 €

TEXTNACHWEISE

Kräftig im Abgang, zuerst erschienen in: Sibylle Zimmermann (Hg.): **Riesling-Leichen**, Wellhöfer Verlag Mannheim 2011

Unser täglich Brot, zuerst erschienen in: Simone Jöst und Mechthild Zimmermann (Hg.): **Wie werde ich Witwe**, Via-Terra Verlag Aarbergen 2009

Fleisch ist ein Stück Lebenskraft, zuerst erschienen in: Gerd J. Merz (Hg.): **Mörderisches Rheinhessen. 13 Wein- und Crime-Geschichten**, Societäts-Verlag Frankfurt 2008

Hägar, zuerst erschienen in: Wolfhard Klein (Hg.): **Perfekte Opfer. 13 neue Kurz-Krimis aus dem Mörderischen Rheinhessen**, Leinpfad Verlag Ingelheim 2009

Unterer Totpunkt, zuerst erschienen in: Regina Schleheck und Mechthild Zimmermann (Hg.): **Mordsmütter**, ViaTerra Verlag Aarbergen 2011

Tsunami und Rosmarinkartoffeln, zuerst erschienen in: Anne Grießer und Mechthild Zimmermann (Hg.): **Eintauchen – Abtauchen – Auftauchen. Skurrile Geschichten aus der Badewanne**, ViaTerra Verlag Aarbergen 2011

Crossover, zuerst erschienen in: Christian Pfarr (Hg.): **Mörderisches Rheinhessen 4. Ein Mord zu viel**, Leinpfad Verlag Ingelheim 2011

Einmal im Jahr, zuerst erschienen in: Antje Fries (Hg.): **Gleich nebenan. Kurzkrimis aus dem Mörderischen Rheinhessen**, Leinpfad Verlag Ingelheim 2010

Rosenduft, zuerst erschienen in: Anne Grießer (Hg.): **Breisgauner. Neue Krimis aus Südwest**, Wellhöfer Verlag Mannheim 2013 – Für die hier veröffentlichte Fassung hat Antje Fries den Ort der Handlung nach Mainz verlegt.

Verkocht, zuerst erschienen in: Bettina von Cossel und Simone Ehrhardt (Hg.): **Tödliche Häppchen. Eine kulinarische Krimi-Sammlung aus Nordbaden**, Verlag Regionalkultur Mannheim 2012

Apfelbäckchen, zuerst erschienen in: Mechthild Zimmermann und Antje Fries (Hg.): **Die Letzte macht das Licht aus**, ViaTerra Verlag Aarbergen 2013

Nachtfahrt, zuerst erschienen in: Heidrun Immendorf (Hg.): **Der Tod kommt nachts. 13 Nachtkrimis aus dem Mörderischen Rheinhessen**, Leinpfad Verlag Ingelheim 2012

Das Quittenpiffche, zuerst erschienen in: Antje Fries und Angelika Schulz-Parthu (Hg.): **Weck, Worscht – Mord- Mörderisch gut aufgetischt**, Leinpfad Verlag Ingelheim 2011

Lieben Sie Krimis? Wir haben noch mehr!

Vera Bleibtreu: Schneezeit
ISBN 978-3942291-20-0, 172 Seiten, Broschur, 9,90 €

Johannes Gerster: Bombenstimmung am Rosenmontag.
Krimisatire, ISBN 978-3-942291-63-7, 229 S., Broschur, 9,90 €

Jürgen Heimbach: Chagalls Rache
ISBN 978-3942291-19-4, 324 Seiten, Broschur, 11,90 €

Clara Herborn: Schwarzer Rhein
ISBN 978-3942291-23-1, 230 Seiten, Broschur, 9,90 €

Peter Jackob: Das Leben ist kein Tanzlokal. Krimi
ISBN 978-3-942291-29-3, 224 Seiten, Broschur, 9,90 €

Katja Kleiber: Dicker als Blut. Ein Frankfurt-Krimi
ISBN 978-3-942291-63-7, 229 S., Broschur, 9,90 €
Auch als E-Book!

Claudia Platz: Das Blut von Magenza
ISBN 978-3-942291-09-5, 620 Seiten, Broschur, 14,90 €
Auch als E-Book!

Claudia Platz: Betreff: MORD!
ISBN 978-3-942291-09-5, 620 Seiten, Broschur, 11,90 €
Auch als E-Book!

Andreas Wagner: Hochzeitswein. Ein Weinkrimi
ISBN 978-3-942291-21-7, 184 Seiten, Broschur, 9,90 €
Auch als E-Book!

Andreas Wagner: Schlachtfest. Ein Weinkrimi
ISBN 978-3-942291-44-6, 184 Seiten, Broschur, 9,90 €
Auch als E-Book!

Leinpfad Verlag.
Der kleine Verlag mit dem großen regionalen Programm!
Leinpfad Verlag, Leinpfad 5, 55218 Ingelheim, Tel. 06132/8369, Fax: 896951
www.leinpfadverlag.com, info@leinpfadverlag.de
Wir schicken Ihnen gerne unser Programm!